秋

Judiths Lieblingswort ist Akribie: Sie ist Tischlerin, und was sie mit den Händen herstellt, gelingt. Holzarten erkennt sie am Geruch. Menschen dagegen sind ihr ein Rätsel. Ob Silvester in Berlin oder ein Sonntagsfrühstück in Wien mit ihrer Freundin Lin – nie ist sie so einsam wie in Gesellschaft anderer. Dann steigt sie allein auf ein Schiff und alles verändert sich. Ein Ereignis, das andere als Katastrophe bezeichnen würden, ist für Judith die beste Gelegenheit, von vorn anzufangen. Zwischen Wien und Bratislava spielt dieser Roman über die Schönheit des Zufalls, über Einsamkeit – und über Komplizenschaft.

Jana Volkmann, geboren 1983 in Kassel, lebt als freie Autorin und Journalistin in Wien. Sie studierte in Berlin Europäische Literaturen und arbeitet derzeit an einer Dissertation über Hotels in der Gegenwartsliteratur. Sie schreibt Essays und Literaturkritik u. a. für den Freitag, Tagebuch, neues deutschland und den Standard. Zuletzt erschienen »Das Zeichen für Regen« (Roman, 2015) und »Fremde Worte« (Erzählung, 2014) in der Edition Atelier. Mit der Kurzgeschichtensammlung »Schwimmhäute – 26 Metamorphosen«, Edition Periplaneta, hat sie 2012 ihr literarisches Debüt gegeben.

JANA VOLKMANN

AUWALD

ROMAN

VERBRECHER VERLAG

Die Recherche für den vorliegenden Roman wurde durch das Bundeskanzleramt Österreich, Sektion II Kunst und Kultur mit einem Reisestipendium unterstützt.

Erste Auflage
© Verbrecher Verlag 2020
www.verbrecherei.de

Satz: Christian Walter
Druck: CPI Clausen & Bosse, Leck

ISBN 978-3-95732-446-7

Printed in Germany

Der Verlag dankt Olanike Famson, Nora Gerken und Florin Schwald.

»So wurde der Mensch, beim Durchgang durch die Höhle, das träumende Tier.«

Hans Blumenberg, Höhlenausgänge

»wir lieben uns mit letzter kraft ans ufer«

@lovebot7000

PROLOG

Die feuchte Leere strich wie etwas Lebendiges über Judiths Rücken. Von außen wirkte der Tunnel reglos und stumm. Dabei hörte Judith ihn immer mehr, je länger sie darin saß. Manchmal huschte hinter ihr etwas durch die Schwärze, es ratterte und klapperte tief im Inneren, gluckste und gurgelte. Die Geräusche von außerhalb traten dagegen immer weiter in den Hintergrund, so dass sie sie kaum mehr wahrnahm, wenn sie sich nicht ganz darauf konzentrierte. Ihr war klar, dass dies nur ein zweitklassiges Versteck war. Ein Spürhund müsste mit seiner Nase nur einmal nah genug an den Tunneleingang kommen, und schon wäre ihre Tarnung in der Dunkelheit dahin.

Und sie hatten Hunde, jede Menge sogar. Judith hörte sie manchmal bellen, hörte die klaren, abgehackten Rufe ihrer Befehlshaber. Besonders weit weg klangen sie nicht, aber hier drinnen hörte sich ohnehin alles anders an, das Echo machte es schwer, Distanzen einzuschätzen. Nichts war mehr sicher, auf die Sinne am wenigsten Verlass. Kurz nachdem sie ihre Position gefunden hatte, gerade so tief in der Röhre, dass sie den Eingang noch klar im Blick hatte, tauchten zwei Menschenbeine vor dem Tunnel auf, liefen vorbei, kamen wieder zurück. Von den Steinwänden hallte ihr Herzschlag wider, zumindest kam es ihr so vor. Die Beine gehörten einem Mann, der nun in die Hocke ging, in den Tunnel hineinschaute, mit einer Taschenlampe um den Eingang herum leuchtete, als hätte er bloß seinen Autoschlüssel verloren. Judiths Blut rauschte in ihren Ohren. Der Schein der Taschenlampe kroch an der Tunnelwand entlang auf sie zu, dann ging das Licht aus, und die Menschenbeine liefen wieder davon.

Judith saß auf einem erhabenen Stein, hatte ihren Rucksack in eine etwas weniger feuchte Nische gequetscht und beobachtete, wie der helle Tunneleingang sich immer weniger vom dunklen Drinnen abhob. Eigentlich hatte sie vorgehabt, die Zeit zwischen Tag und Nacht für ihren Aufbruch zu nutzen, den Moment, in dem sich die Suchtrupps an neue Gegebenheiten anpassen mussten, Scheinwerfer aufstellten, sich für die Dunkelheit rüsteten, weil selbst an einem Tag wie diesem die Sonne ihren Gewohnheiten nachging. Aber dann zögerte sie so lange, dass der Augenblick verstrich und es richtig Nacht wurde. Selbst im Tunnel machte es einen Unterschied, wie spät es war; die nachtaktiven Tiere versetzten ihn in eine geschäftige Unruhe, vor lauter Zirpen und Schwirren vibrierte die Luft.

Sie griff in den Stoffbeutel, der noch immer über ihrer Schulter hing, und machte Inventur. Dreieinhalb Müsliriegel, eine Tüte Studentenfutter, eine beinah volle Flasche Wasser und eine Banane, die sie am Morgen noch in Wien eingepackt hatte. Sie entschied sich für die Banane. Beim Essen fiel ihr auf, wie hungrig sie war. Sie lauschte in sich hinein, ob da noch etwas anderes war. Erschöpfung, Furcht, Sehnsucht oder Reue. Nichts zu spüren, nur die Knie taten ihr etwas weh. Vorsichtig tastete sie sich ein Stück tiefer in den Tunnel, um eine neue Sitzgelegenheit zu finden. Statt zu schlafen, rief sie sich das letzte Bild vor Augen, das sie beim Einstieg in den Tunnel gesehen hatte. Hundert, vielleicht hundertfünfzig Meter weiter war die Brücke, gesichert mit Betonblockaden, auf der zig Polizisten standen und ins Wasser starrten, als würden sie fest damit rechnen, dass die verschwundene Fähre ganz von allein aus den Tiefen des Flusses auftauchen würde, wenn sie nur lang genug hinschauten. Wahrscheinlich wussten sie einfach nicht, wohin sie sonst gucken sollten. Am anderen Ufer gingen Taucher an Land, und dann waren da die Hubschrauber, die Drohnen. Zum Glück hatten sie alle etwas Besseres zu tun, als nach Einer zu suchen, die nach ein paar Stunden außerhalb der Zivilisation bereits wie eine Landstreicherin roch und bestimmt auch so aussah. Sie fühlte sich schon ganz verfilzt. Und was machte sie jetzt mit der Bananenschale: das Naheliegende. Sie verlor sie, ganz einfach war das hier drin.

Als ganz in der Nähe ein Hubschrauber rotierte und sie sich traute, im Lärm ihre Stimme auszuprobieren, fielen ihr zuerst keine richtigen Worte ein. Dann flüsterte sie ein paar Holznamen. Erle, Eibe, Douglastanne. Hier drin klang alles wie eine Zauberformel. Unter ihren Worten flirrte der Raum. Judith betrachtete den Eingang der Höhle, vor dem alles getan wurde, um die Nacht mit Hilfe von künstlichem Licht auszutricksen. Mal flackerte es, wurde heller und wieder dunkler, ging mal mehr ins Gelbe und mal mehr ins Blaue. In Wellen drangen Geräusche herein, die jetzt nicht länger als einzelne auszumachen waren, sondern wie ein Schwarm Insekten nur im Ganzen funktionierten. Offensichtlich waren die Suchtrupps noch immer nicht erfolgreich gewesen. Nicht einen Moment wollte Judith die Augen von dem runden Loch abwenden, ihrem einzigen Fixpunkt hier im Nichts. Wie viel Zeit verging, versuchte sie mit Hilfe der Geräusche abzuschätzen, je nachdem, ob sie Tagtiere oder Nachttiere hörte, aber je länger sie der Welt fernblieb, desto schwerer fiel es ihr, sich ein Urteil über sie zu machen. Außerdem konnte sie die Zeit anhand ihres Hungers und der verbleibenden Vorräte messen. Abgesehen vom Wasser würde alles noch eine ganze Weile reichen, sicherlich länger als notwendig. Aber sie sah sich einfach nicht die feuchten Wände ablecken oder aus den Lacken trinken, die sich zwischen den Steinen am Boden gesammelt hatten. Probehalber roch sie an den Steinen, aber sie hatte den Eindruck, davon würde sie eher krank werden, als dass sie ihren Durst daran stillen könnte. Zwischendurch dämmerte sie in einen immer schwerer werdenden Halbschlaf. Sie fürchtete schon fast nicht mehr, entdeckt zu werden. Es war noch ein paarmal vorgekommen, dass die ersten zehn, zwanzig Meter des Tunnels ausgeleuchtet wurden, zweimal kroch jemand ein Stück zu ihr hinein, so dass ihr die Silhouetten den Blick nach draußen verhingen und es noch dunkler war als zuvor, aber keiner aus der Rettungsmannschaft hatte seine Augen so an die Dunkelheit gewöhnt wie Judith. Beim ersten Mal wäre sie fast in Panik geraten, beim zweiten Mal war es nur noch aufregend. Sie musste sich bloß konzentrieren, schon wurde sie ein Teil der Leere, die sie umgab.

Als ihr klar wurde, dass sie so bald nicht ungesehen durch das Loch wieder nach draußen konnte, beschloss Judith eine Expedition ins Tunnelinnere zu machen, in der Hoffnung, dass der Schacht sie nicht geradewegs in die Arme anderer Patrouillen führen würde. Sie versuchte, sich die Landschaft wieder ins Gedächtnis zu rufen und sich vorzustellen, wohin der Weg führen, wo er enden könnte, aber es gelang ihr nicht, es konnte auf tausend Arten und in alle Richtungen weitergehen, nur nicht in die, aus der sie gekommen war. Sie zog den Rucksack auf und kroch hinab. Es wurde immer kälter, die Luft immer schlechter. Sie drehte sich alle paar Meter um und schaute in die Richtung, in der der Eingang lag, es half allerdings nichts, plötzlich war er weg. Sie hörte es tropfen und trappeln, als wäre der Tunnel selbst zum Leben erwacht. Die eine Hand tastete sich am moosigen Boden entlang, die andere streckte Judith in mutiger Zuversicht immer wieder voraus und unterdrückte den Impuls, etwas in die

Leere zu rufen, ihren Namen oder einfach irgendetwas, um ihr Echo zu hören oder ein paar Tiere aufzuschrecken, die hier unten schon auf sie warteten, die Augen über Jahrhunderte an die Dunkelheit gewöhnt. Sie kroch und kroch. Wahrscheinlich gab es einige Kurven auf dem Weg, vielleicht musste sie auch ein Stück bergan zurücklegen, aber es ließ sich nicht mit Sicherheit sagen. Zuerst bemerkte sie überhaupt nicht, dass sich im Dunkeln ihre Hand abzeichnete und dass auch von den Wänden ein öliger Glanz zurückfiel. Als es ihr bewusst wurde, sah sie auch schon das andere Ende, die grüne Wiese dahinter, sorgsam durch ein Gitter in Planquadrate geteilt. Judith würde nicht umkehren, niemals, und einer flüchtigen Frau mit Werkzeugen im Rucksack stellte man sich ohnehin nicht einfach in den Weg. Bei näherem Hinsehen war das Gitter eine Gittertür mit einem Scharnier und etwas angerostet.

»Erle, Eibe, Douglastanne«, beschwor sie das Gitter. Das Echo ihrer Stimme trollte sich in die Höhle zurück. Mit einem fügsamen Knirschen ließ das Gitter sich öffnen und gewährte ihr den Weg nach draußen. Erstaunlich, wie schnell manche Gefängnisse einen gehen lassen. Sie kroch noch ein paar Meter, ehe ihr einfiel, dass sie sich jetzt wieder in die Länge strecken konnte. Sie lief in die offene Wiese hinein, dann ließ sie sich sinken, wärmte sich den Rücken am Boden und das Gesicht in der Sonne. Ihre Kleidung fühlte sich nicht mehr nur klamm an, sondern völlig durchnässt. Sie war ein Höhlentier geworden, eine Chimäre, der Rucksack ihr Schneckenhaus, Hose und T-Shirt ihr Exoskelett. Im Tageslicht kehrte sich die Metamorphose um und auf der Wiese wurde wieder ein Mensch aus ihr, welcher, wusste sie noch nicht. Nichts roch so gut wie diese Landschaft, die sich nicht darum scherte, dass sich ein paar hundert Meter weiter ein gewaltiger Riss in der Wirklichkeit offenbarte. Hier gab es niemanden, nur sie. Also gab es niemanden.

I.

Wurmlöcher

Durch das Wasser glitten Schatten. Die Kois gaben sich keine Mühe, elegant oder auch bloß wendig auszusehen. Sie schwammen ohne Ziel in ihrem Teich umher; hin und wieder tauchte ein Fischmaul an der Oberfläche auf, schnappte nach etwas Unsichtbarem und verschwand wieder. Judith griff in die Tasche ihres Rocks und warf ihnen ein paar Würfel Brot ins Wasser. Sie konnte die Karpfen verstehen.

Die Fische scherten sich kaum um die Gaben. Eher zufällig verschwanden ein, zwei Brotstücke in den auf- und abtauchenden Mäulern. Die Schildkröte saß auf einem Stein, als wäre sie immer schon dort gewesen, reglos und felsenfarbig. Schwer zu sagen, ob sie lebte oder tot war, ob sie hellwach war oder schlief. Judith hatte schon Schildkröten aus Holz gesehen, die einen deutlich lebendigeren Eindruck gemacht hatten. Sie war die einzige Schildkröte hier. Früher waren sie zu dritt gewesen.

Die Parkanlage war klein, die Wege schlängelten und wanden sich jedoch, so dass man das Gefühl bekam, man hätte einen ausgewachsenen Spaziergang gemacht, kam man schließlich wieder beim Teehaus an. Man hatte außerdem von jeder Biegung des Hauptweges aus eine so andere Perspektive auf den Park, dass er Judith wie ein ganzes Universum mitten in Wien vorkam. Mal sah man die Häuser dahinter, mal nicht, mal streckten sich die Bäume und mal wirkten sie kaum so groß wie Judith selbst. Sogar die Farbe des Teichs veränderte sich, je nachdem, von wo aus man ihn betrachtete.

Von außen war das Teehaus kaum mehr als ein Schuppen und immer verschlossen. Die Fenster waren mit der Zeit halbblind geworden. Man konnte nur ein paar Sitzbänke im Inneren ausmachen und ansonsten karge Wände. Die Teezeremonien, die hier stattfanden, waren vermutlich heimliche Veranstaltungen, nicht für die Öffentlichkeit gedacht. Judith ging oft hier spazieren, aber nie hatte sie von solch einer Séance gehört. Trotzdem mochte sie schon allein die Vorstellung, dass dieser unscheinbare Ort sich hin und wieder in etwas Besonderes verwandelte.

Der Wind plusterte ihren Rock auf. Sie hielt die Arme dicht am Körper, damit er nicht ganz nach oben flog. Judith ärgerte sich, dass sie es einfach nicht hinbekam, sich wettergemäß anzuziehen. Sie trug so gut wie nie Röcke, doch wenn, dann suchte sie sich den einzigen Sturmtag des gesamten Sommers dafür aus. Zum Abschluss ihrer Runde lief sie ans Ufer des Teichs und legte auch der Schildkröte ein Stück Brot auf ihren Stein. Die schwarzen Augen des Sauropsiden würdigten sie keines Blickes. Judith war nicht sicher, was verbotener war, den asphaltierten Weg zu verlassen oder die Tiere im Park zu füttern. Vielleicht war es gut, dass sie alle keinen Hunger hatten. Es war niemand in Sichtweite, offensichtlich hatten nicht einmal die Einwohner des Seniorenheims nebenan gerade Hofgang. Während Judith die Stufen zur Straße hinabstieg, aß sie die letzten mitgebrachten Brotstücke selbst auf, drehte ihre Rocktaschen auf links, schüttelte die Krumen heraus, stopfte sie wieder nach innen und grub ihre Hände hinein. Der Rock bauschte trotzdem.

Auf der anderen Straßenseite lag eine verwitterte Villa, die früher einmal ein Kinderheim gewesen war. Ein richtiges Horrorfilmkinderheim. Raben hüpften durch das wildwüchsige Gras im Garten. An Tagen wie heute passte all das zusammen, alles ergab einen Sinn. Die Patina, der graue Himmel, Stille und Sturm, Raben und Tauben, der japanische Garten und die Wiener Straßenzüge, ins Gesicht gewehte Haare, das Kreisen der Blätter im Wind, das leichte Unbehagen ohne erkennbaren Grund. Sie blickte nochmal zurück in Richtung Park, wenn man jedoch einmal durch das Tor hinausgegangen war, konnte man sich das Universum auf der anderen Seite bereits nicht mehr vorstellen. Plötzlich passte es zwischen zwei steinerne Pfeiler, kaum hüfthoch.

In letzter Zeit erwischte sie sich immer öfter dabei, wie sie Umwege machte. Statt gleich am gusseisernen Eingangstor der Villa in die Tram zu steigen, lief sie in eine der Seitenstraßen hinein, an der stillgelegten Insektizidfabrik vorbei. Dass sie das Haus überhaupt entdeckt hatte, verdankte sie nur ihrer neuen Leidenschaft, der Verzögerung des Heimwegs. Anfangs hatte es sie irritiert, wie großartig es sich anfühlte, allein zu sein. Mittlerweile hatte sie aufgegeben, sich schlecht zu fühlen, weil es ihr so gut ging mit sich selbst. Hier ging fast niemand spazieren, mit jedem Schritt wurde ihr der Flatterrock ein bisschen gleichgültiger, und je weniger sie daran dachte, desto harmloser wurde der Wind.

Wie immer ging sie durch einige ganz und gar uninteressante Straßen, die sie in ihrer Gleichförmigkeit mal beruhigten und mal deprimierten, bis sich ganz aus dem Nichts ihr Lieblingshaus auftat. Ein Paradiesvogelhaus. Die Außenfassade mit ihrer orientalischen Exzentrik und all ihrer zur Schau gestellten Seltsamkeit konnte nur ein Überbleibsel aus Zeiten sein, die mit dem Heute nichts zu tun hatten. So würde kein Mensch mehr bauen, nicht mal in Las Vegas. Es war zum Lachen. Der Architekt musste einen Heidenspaß gehabt haben. Das Lieblingshaus stand eingeklemmt zwischen Wohnhäusern, die bemüht unauffällig, fast ein wenig beschämt daneben aufgereiht waren, als wäre es ihre Aufgabe, dem ganzen Straßenzug eine bescheidene Normalität zurückzugeben, und als würden sie ihr Scheitern daran tapfer zu überspielen versuchen. Die Fabrik wurde mittlerweile anders als früher genutzt; Judith wusste nicht, wofür und von wem. Sie wirkte leer und durch ihre Leere noch eigenartiger.

Alles in allem verlängerte sich Judiths Heimweg dank des Schlenkers um eine gute halbe Stunde, vorausgesetzt, dass sie langsam ging und die Tram am anderen Ende der Straße weder sofort kam, noch eine nennenswerte Verspätung hatte. Langsam zu gehen fiel ihr nicht schwer. In letzter Zeit fühlte sie sich immer, als liefe sie gegen einen starken Wind an, und im Vergleich zu anderen sah sie vermutlich auch so aus. Lin bewegte sich so anders als sie, leicht und schnell, nie gehetzt, aber immer zügig. Sie lief, wie sie sprach; es war schwer, ihr zu folgen, doch wer sich die Mühe machte, wurde belohnt. Auch sonst wirkte sie immer, als hätte sie etwas Wichtiges vor, selbst dann, wenn sie einem ihre volle Aufmerksamkeit schenkte und ihre Konzentration eine kleine Falte in ihre Stirn grub, genau über der Nase, wo manchmal ihre Brille saß. Bei Judith selbst vermochte es die Unruhe in ihrem Kopf nie, ihre Beine mitzureißen, und ihre Gedanken schafften es nur mühsam und schwerfällig aus ihr heraus. Sie hatte ein paarmal erlebt, wie Leute das zu einem Kompliment verdrehten und ihre makellosen Sätze lobten. Dabei hatten sie auf dem langen Weg von ihrem Hirn bis zu ihrem Mund einfach viel Zeit, um Fehler abzuschütteln. Auch Judith lief, wie sie sprach. Es war fast ein Wunder, dass sie früher oder später doch an der Tramhaltestelle ankam. Heute ging sie noch ein Stück an den Schienen entlang, in die Richtung, aus der ihre Bahn kam, noch ein bisschen weiter weg von ihrer Wohnung, und noch ein bisschen.

»Sonntage machen mich depressiv«, sagte Lin. Sie saß am Küchentisch, das eine Bein angewinkelt, so dass sie das Kinn auf ihrem Knie ablegen konnte.

»Ich weiß. War das eigentlich immer schon so?«

»Wahrscheinlich. Zumindest lange genug, dass ich es gar nicht mehr mit Sicherheit sagen kann.«

»Ich finde Sonntage auch nicht besonders toll«, sagte Judith, obwohl sie dazu in Wahrheit keine Meinung hatte. Sie wollte Lin verstehen und ihr zeigen, dass sie verstanden wurde, wie sie so zusammengefaltet auf ihrem Stuhl saß und wartete, dass der Tag an ihr vorüberzog und sie ihn mit einem unspektakulären, ihrem großen und feinen Geist unangemessenen Fernsehfilm genauso würdelos beenden konnte, wie er es verdient hatte. Sie sah aus wie immer in ihren Jeans und dem dünnen Pullover, der auf die genau richtige Art zu groß war und ständig damit lockte, einen schnellen Blick auf ein Schlüsselbein oder eine bloße Schulter freizugeben, ohne diese Versprechen zu oft einzulösen.

Auf der Tischplatte lag eine Zeitung, die so großformatig war, dass man sie nie wieder ordentlich zusammensetzen konnte, hatte man einmal darin gelesen. Lin hatte es offensichtlich gar nicht erst versucht. Eine Doppelseite war auf den Boden geschwebt und halb unter den Herd gerutscht. Im Raum breitete sich ein Schweigen aus. Judith fragte sich, ob Lin es mitbekam. Sie hätte gern irgendetwas gesagt, vielleicht sogar erzählt, ihr wollte jedoch einfach nichts einfallen, das gegen diese Art von Stille eine Chance hätte. Sie setzte eine Kanne Tee auf und spülte Lins Lieblingstasse aus, gewissenhaft und langsam. Das Wasser ließ ihre Hände rot werden wie etwas Rohes, aber sie fühlte nicht, ob es zu heiß war. Lin verschwand immer mehr in sich selbst, in dieser ruhigen Konzentration, die einem das Gefühl gab, man dürfe sie jetzt nicht beim Denken unterbrechen. Judith musste sich Mühe geben, so etwas wie Freude in ihrem Gesicht zu lesen, als sie den Tee auf den Tisch stellte und ein Glas Honig dazu. Sie dachte an Berlin. Lin war mal zu ihr genauso gewesen wie zu ihren Freundinnen, hing an ihrem Arm, wenn sie spazieren gingen, und redete mit ihr auf eine Art, die jedes Gespräch in Gang hielt. Judith hingegen war zu Lin anfangs vollkommen anders gewesen als zu anderen Leuten. Und jetzt verhielt sie sich wie gewohnt, servierte im Stillen und wusste nichts mitzuteilen.

Es roch noch nach den aufgebackenen Croissants aus der Früh. Ihre Wohnung hatte, seit sie zusammengezogen waren, einen richtigen, beständigen Zuhausegeruch bekommen. Im Bad duftete es nach Seife und Creme, in Lins Zimmer nach sauberer Wäsche, alten Büchern und frisch bedrucktem Papier. Nur in Judiths Zimmer roch es nach nichts, oder jedenfalls nach nichts, das diesseits ihrer Wahrnehmungsschwelle lag. Lin würde behaupten, es röche nach Holz. Das mochte sein, nur roch Holz in Wirklichkeit nicht nach Holz, sondern nach Tanne, Buche oder Birke. Nach Kirschbaum oder Nussbaum, nach den ätherischen Ölen in den Hölzern und Harzen. Oliven- oder Leinöl, Bienenwachs oder Lasur. Und nichts davon hatte in ihrem Zimmer Spuren hinterlassen. Vielleicht hob sich alles, was sie je besessen oder hergestellt hatte, gegenseitig auf, vielleicht hatte sie durch Zufall Stück und Gegenstück gefunden, Positiv und Negativ. Judith zog die Zeitungsseite unter dem Herd hervor und setzte sich zu Lin. Ihr Blick wanderte über die Buchstaben, wollte allerdings nirgends bleiben, nicht einmal bei den Bildern. Lin saß eine Weile einfach nur da, dann nahm auch sie das Lesen wieder auf. Es sah glaubhafter aus als bei Judith selbst, dieses Zeitunglesen, Lin hatte offenkundig viel mehr Übung. Ohne Furcht schlug sie eine lange Reportage auf und versank darin, während Judiths Blick sich irgendwo im Muster der Gardinen verfing.

Der Esstisch war alt und schwer und hatte den Weg vom Schwarzwald bis in die Werkstatt in Wien auf den verworrensten Wegen zurückgelegt. Es hatte eine Ewigkeit gedauert, ihn abzuschleifen und das Holz wieder herzurichten. Judith hatte nach Feierabend daran gearbeitet, manchmal auch in der Früh, wenn sie noch allein in der Werkstatt war. Kurz bevor jemand von den anderen zur Arbeit kam, hatte sie ihn mit einem Leintuch abgedeckt, das weiß gewesen war, ehe es den Staub und die Gerüche der Werkstatt so sehr angenommen hatte, dass alles darunter automatisch unsichtbar wurde. Nur Milo hatte sie den Tisch gezeigt. Er hatte genickt, anerkennend, und ihr gezeigt, wie die Platte noch ein bisschen gerader wurde und noch ein wenig glatter. Judith hatte die Wurmlöcher verschlossen und Kratzer ausgebessert, geölt und nochmal geölt, bis der Tisch alt und zugleich neu aussah. Sie erinnerte sich an den Moment, als sie ihn für fertig erklären musste, weil es beim besten Willen nichts mehr gab, das noch poliert oder geschliffen werden musste; sie hätte sich freuen müssen, als der Tisch in ihrer Küche stand, ein paar Tage vor Lins Ankunft mit dem Möbelwagen. Zumal er gut geworden war, richtig gut, dreimal besser als ihr Gesellenstück. Aber sie vermisste den unfertigen Tisch, das wurmstichige Holz, das so viele Jahre lang den Alltag fremder Menschen eingeatmet und aufgesogen hatte. Es hatten mit Sicherheit einige Familien an dem Tisch gegessen, womöglich Bauern, die es nicht allzu schlecht erwischt hatten, mit ihren Kindern und Katzen und den Kindern von nebenan. Oder ernste, verschlossene Menschen, die ihre Mahlzeiten, ohne vom Teller aufzusehen, zu sich nahmen und so viele Bäume vor der Haustür hatten, dass sie kein Holz mehr riechen konnten. Manche beteten vor dem Essen, andere stritten, schwiegen oder erzählten einander von ihren Tagen. Sie aßen Suppen und Sonntagsbraten, Weihnachtsessen und Geburtstagskuchen. Mittlerweile war der Tisch ganz und gar Teil von Judiths und Lins Wohnung geworden, er fügte sich in die Küche, als habe er nie anderswo gestanden, und er mischte sich nicht ein, wenn es so still wurde wie jetzt.

Krähenfrühstück

Da, wo Lin gelegen hatte, war das Laken noch schlafwarm. Judith hatte die Augen geschlossen und die Handfläche auf der Abwesenheit neben sich abgelegt, die Finger weit gespreizt. Sie spürte ihre Hand in die Matratze sinken, mit jedem Atemzug ein Stück tiefer. Vielleicht würde sie im Ganzen darin verschwinden, die Fingerspitzen voran. Aus dem Inneren einer Federkernmatratze betrachtet, war sicher alles leichter. Noch dazu war das Bett neu überzogen. Es ging nichts über den sanften Waschmittelduft frischer Laken. Im Zimmer dagegen roch es nach einem Sommer, der sich kurz vor dem Kipppunkt befand und bereits von sich selbst genug hatte. Sie ließ sich noch einmal in einen schweren Morgenschlaf sinken.

Als sie die Augen öffnete, lagen Hand und Bett noch genauso da, nichts brachte die Ordnung des Raumes in Ungleichgewicht. Lins Lakenseite hatte die Temperatur der Umgebung angenommen. Judith war schon wach, doch ihr Körper merkte wenig davon. Sie schaute ihre Hand an wie etwas, das man gern auseinandernähme, aber nicht konnte, da das richtige Werkzeug fehlte.

Dienstbeflissen klapperte im Nebenzimmer die Computertastatur. Lin hatte die Angewohnheit, nach dem frühen Aufwachen direkt mit ihrer Arbeit zu beginnen, sie mochte die Morgenstunden und das, was der frische Tag mit ihr machte. Sie saß meist bei offenem Fenster da, die Tür nur angelehnt, so dass die Luft, das Vogelzwitschern und die Stadtgeräusche durch sie hindurchzogen. Duschen und Frühstücken verschob sie bis zu dem Punkt, an dem sie beim Schreiben ins Stocken geriet, als hätte sie nie Hunger oder fettige Haare. Tatsächlich sahen ihre Haare nie wirklich schlimm aus, und ihr Hunger wirkte immer sehr beherrscht, als sei es ihm egal, ob er sofort oder erst in einer Stunde gestillt wurde. Meist war sie am Mittag, spätestens am frühen Nachmittag fertig mit ihrem Pflichtprogramm, und ihr Tag franste aus, sie ging zwischen zwei E-Mails einkaufen, erledigte den unliebsamen Kleinkram, die Rechnungen und Telefonate, blätterte durch ihre zahllosen Zeitungen oder schaute sich unter dem Vorwand der Recherche auf YouTube zehn Videos am Stück an. Sie hatte für ihre Arbeit keine Anfangs- und Abschlussrituale, war also in einer Art permanentem Bereitschaftsdienst, und sie wäre mit Sicherheit empört gewesen, hätte man ihre Nachmittage einfach als Freizeit abgetan. Wenn es ungewöhnlich viel zu tun gab oder Vernissagen, Vorträge und Veranstaltungen anstanden, machte sie in der zweiten Tageshälfte eben den Rücken wieder gerade, schob die Brille zurecht und ließ sich von Neuem elektrisieren. Solche Tage waren allerdings die Ausnahme. In der Regel hatte sie viele Stunden für Sachen, die sie interessierten, oder für Menschen, die sie gut fand, vor allem aber Stunden, in denen nichts sich bewegte, nichts entstand und nichts geschah. Judith hingegen konnte sich solch lange Tage kaum vorstellen. Dabei fing sie ebenso gern so früh wie möglich mit der Arbeit an, und sie mochte die Morgenstunden mindestens so sehr wie Lin. Aber gerade deshalb kamen ihr freie Nachmittage ganz sinnlos und nutzlos vor und sie vermied es, mit ihrer Arbeit fertig zu werden, zumindest solange, bis die nächste Aufgabe anstand. Am liebsten mochte sie fließende Übergänge: ein Stück fertigstellen, während sie ein neues begann, da den letzten Firnis auftragen und dort den ersten Sägestich ansetzen.

Sie drehte sich auf den Rücken und hielt ihre Hände in den breiten Lichtstreifen, der an der Gardine vorbei ins Zimmer fiel. Dass Menschen überhaupt Hände hatten, überhaupt Finger. In solchen Momenten musste sie sich sehr beherrschen, dass ihr die Gedanken nicht davongaloppierten. Im Großen und Ganzen sahen ihre Hände, genau wie der Rest ihres Körpers, normal aus. Zumindest merkte man ihnen nicht an, was sie machten, die Schleif- und Bohrarbeiten, die Lackarbeiten und das viele Fräsen und Sägen. Vielleicht waren sie etwas groß geraten, das hatte allerdings nichts mit ihrer Arbeit zu tun, große Hände sah man überall, auch an Pianisten und Neurologinnen. Die Fingernägel konnten etwas Zuwendung gebrauchen, aber wer konnte das nicht.

Den ersten Kaffee trank sie in ihrem Zimmer auf der Fensterbank, die Beine angewinkelt, die nackten Füße auf der Heizung abgestellt. Diese breiten Simse machten den Mangel an Balkonen in Wiener Miethäusern beinahe wett. Sie waren auch nicht unbequemer als die Klappstühle, die die Leute auf ihren raren Veranden, Dachterrassen und Balkonen stehen hatten, und man konnte leicht auch hier Tomaten oder Erdbeeren züchten, oder ganze Sommer verbringen, wenn einem daran gelegen war. Es war auch ein guter Platz, um zu lesen. Vor allem war die Aussicht hervorragend. Judith war es etwas unangenehm, dass sie über die Gewohnheiten der Menschen im Haus gegenüber so genau Bescheid wusste. In knapp zehn Minuten würde in der dritten Etage ein Fenster aufgehen und ein Mann im Bademantel würde sich die erste Zigarette des Tages anstecken. Er und Judith würden so tun, als sähen sie einander nicht. Tatsächlich waren sie sich in all der Zeit, die sie beide in derselben Straße wohnten, draußen nie begegnet, zumindest hatten sie einander nicht erkannt. Womöglich existierte er nur innerhalb seines Fensterrahmens, nur in den zigarettenkurzen Momenten, wenn sich ihrer beider Rituale kreuzten. Judith hoffte, dass er sie wirklich nicht wahrnahm. Wenigstens trug sie nie einen Bademantel, sondern einen anständigen Pyjama. Seit es jeden Werktagmorgen diese Minuten des Aneinandervorbeischauens gab, achtete sie darauf, was sie zum Schlafen trug, und sie hatte sich nach und nach eine ganze Kollektion ansehnlicher

Pyjamahosen und -oberteile zugelegt, eine Bekleidungsart, die bis dahin völlig an ihr vorbeigegangen war. Manchmal bügelte sie sie, doch nur, wenn sie allein zuhause war. Lin hatte diese Erweiterung ihrer Garderobe nicht kommentiert.

In der Wohnung schräg unter der des Frührauchers hatte der Tag wie immer schon im Morgengrauen begonnen. Auf dem äußeren Fensterbrett hatte jemand ein üppiges Frühstücksbankett für die Krähen angerichtet, wahrscheinlich Essensreste, unmöglich zu erkennen, was genau es war. Klumpen für Klumpen verschwand die Mahlzeit. Die Krähen schnappten sie im Vorbeiflug, keine von ihnen nahm auf dem Sims Platz. Sie drehten gleich wieder ab, und Judith konnte manchmal unter ihre Bäuche schauen, wenn sie zum Essen das Dach ihres Hauses ansteuerten. Das Gefieder am Bauch war heller, nur mehr ein blasses Grau, und sah weich aus, weich und schutzlos. Die Krähen flogen steil nach oben, so als tauchten sie aus einem tiefen Gewässer auf. Lin hatte erzählt, dass eine Frau jeden Vormittag nach dem Krähenfrühstück die Fensterbank schrubbte. Judith selbst hatte nie jemanden in der Wohnung gesehen, nur manchmal gespensterte ein Schatten durch die Räume.

Lin behauptete dagegen steif und fest, dass sie gegenüber nie einen Raucher im Bademantel bemerkt habe und nicht wisse, wer da schräg über der Krähenfrau wohne. Sie ging sogar so weit darüber zu spekulieren, ob die Wohnung vielleicht leer stehe. Tatsächlich hingen keine Gardinen vor den Fenstern, es zeichnete sich jedoch in den hinteren, dunklen Teilen der Wohnung etwas ab, das nach dem Umriss einer Zimmerpflanze aussah. Judith reichte das als Gegenbeweis. Wenn sie am Abend hinüberschaute, brannte nie Licht. Aber das konnte auch Zufall sein. Sie sah nie zu lange hin.

Mitternacht

Das erste Feuer, das sie je gesehen hatte, vergaß Judith nie wieder. Es war nicht das erste Feuer überhaupt, sondern das erste richtige Feuer, das erste, das etwas bedeutete. Ein unromantisches Feuer ohne mildernde Umstände. Kein Kamin- oder Lagerfeuer, kein Osterfeuer.

Sie waren damals über Silvester in Berlin gewesen, sie und Lin, die ihre alten Freundinnen aus dem Studium wiedersehen wollte.

»Ich will, dass du meine Leute kennenlernst«, so lautete die Forderung, in der ein unausgesprochenes »endlich« mitschwang. Lin sorgte dafür, dass es sich wie ein feierliches Zugeständnis anhörte, so als würde ihre Beziehung automatisch auf eine höhere Ebene gehoben, wenn sie Judith ein paar Hände schütteln ließ und ihr Namen vorsagte, die sie über einem Glas Wein und drei gewechselten Sätzen gleich wieder vergessen würde. Judith ließ sich nicht anmerken, dass sie kaum neugierig war auf Lins altes Leben in Berlin.

Sie war unentschieden in der Frage, wer wem einen Gefallen mit dieser Reise tat. Lin erzählte in der Zeit vor ihrer Abreise von Leuten, die sie zuvor nicht einmal erwähnt hatte. Schließlich waren sie in Tegel gelandet, mit Bus und U-Bahn zu Alexas Wohnung gefahren, und plötzlich waren all die anderen nicht mehr zu erreichen, zu beschäftigt oder im letzten Moment doch uninteressant geworden.

Alexas Wohnung erreichte man über drei Hinterhöfe und viele Treppenstufen. Nach ihrem Hinterhaus kam nur noch eine Brache; die nächsten Häuser waren so weit weg, dass man keine Menschen oder Gegenstände hinter den Fenstern erkennen konnte – außer der Farbe der Gardinen. Nachts wurde es richtig dunkel, so dass die Stille, die tagsüber ebenfalls herrschte, umso spürbarer wurde. Judith mochte es nicht, wenn ihre Sinne ohne das beruhigende Rauschen und Flirren einer Stadtnacht so lang nach Beschäftigungen suchten, bis sie ihren eigenen Puls hörte.

Lin machte Alexas Wohnung Komplimente, die Judith nicht nachvollziehen konnte, und behauptete am nächsten Morgen, sie würde auf dem Futon besser als zuhause schlafen. Judith dagegen hatte in der Nacht eine Ewigkeit wach dagelegen und versucht, nicht ans Schlafen zu denken. Dann war sie aus einem Traum aufgeschreckt und hatte sich danach nicht mehr weiterzuschlafen getraut, bis ihr irgendwann im Morgengrauen die Augen zugefallen waren. Als sie kurz darauf von der Wachheit der anderen geweckt wurde, fühlte sie sich so müde, als hätte sie die Nacht durchgemacht. Trotzdem freute sie sich über Berlin. Sie ließ keine Gelegenheit aus, um sich davonzustehlen, während Lin und Alexa sich in Gesprächen verstrickten über gemeinsame Bekannte und alte Zeiten und alles, was sie gegenwärtig umtrieb. Judith fand immer neue Vorwände für kleine Spaziergänge durch die Straßen. Haarspülung vergessen, Kopfschmerztabletten vergessen. So viel, wie sie vergessen hatte, hätte sie niemals einpacken können. Besonders stolz war sie auf den gerissenen Schnürsenkel, den sie sich ausgedacht und der ihr eine Stunde Umherirren in Charlottenburg beschert hatte. Sogar beim Schloss war sie vorbeigekommen, ehe sie auf den letzten Metern, schon auf dem Rückweg kurz vor Alexas Haus, eine Änderungsschneiderei fand, die die ausgefallensten Schnürsenkel führte. Vor lauter Glück kaufte sie drei unterschiedliche Paare und noch eine Schere dazu. Diese war so klein, dass Judith kaum die Finger durch deren Augen bekam, und sah stumpf aus. Der Mann hinter der Theke hatte ein altes Gesicht und junge Hände. Er packte Judiths Einkauf in eine Plastiktüte und überreichte sie ihr mit elegantem Gleichmut.

Die beiden anderen liefen voraus; es schien sie nicht zu stören, dass Judith sich zurückfallen ließ. Lin hatte sich bei Alexa eingehakt. Judith konnte von weiter hinten dabei zusehen, wie ihre Schritte sich einander anglichen, bis sie im selben Takt über das grobe Pflaster liefen. Lin trug ihre flachen, schwarzen Stiefeletten, Alexa ein Paar Stiefel, die je nach Lichteinfall rot oder braun oder schwarz aussahen. Judith hatte später herausgefunden, dass die Farbe Ochsenblut hieß oder Oxblood.

Alexa trug Größe 38 bei Schuhen, bei Kleidung Größe 36 oder S, bei Hosen 27. Ein Blick unter die Schuhsohlen auf ihrem Flur, ein, zwei Jeans und Pullover aus dem Wäschekorb hervorgezogen: Solche Sachen konnte man immer machen, dafür musste man nicht einmal allein in einer fremden Wohnung sein. Unterwäsche war genauso leicht auffindbar. Zu genau schaute Judith nicht hin. Sie schätzte 70B. Oder 70C, bestimmt war es 70C. Alexa war am Morgen Brötchen holen gegangen, während Lin unter der Dusche stand. Judith hatte an der Wohnungstür gelauscht, bis die Schritte im Treppenhaus immer leiser geworden waren, und einen kurzen Blick ins Schlafzimmer gewagt. Die Jacken und Mäntel auf der Garderobenstange berührt und eine Hose hochgehoben, die über einer Sessellehne hing. Sie suchte ohne Erfolg nach etwas, das ihr von Alexa erzählen würde; nach einem Gegenstand, der mehr verriet, als sie in der kurzen Zeit ohnehin schon herausgefunden hatte.

Als Alexa wiedergekommen war, hatte sie wieder auf dem Futon gesessen und durch ein Stadtmagazin geblättert. Alexa hatte angekündigt, Frühstück zu machen, und sie dort sitzen und schauen lassen. In demselben Augenblick, als Lin es sich gerade mit ihren nassen Haaren neben Judith auf dem Futon bequem machen wollte und sie fast schon die Wärme ihrer Haut über die kleine Lücke zwischen ihren Körpern hinweg spüren konnte, stand Alexa auf der Schwelle und zählte auf, was sie alles eingekauft, vorbereitet, gekocht, gebraten und aufgebacken hatte. Es hätte nicht mehr viel gefehlt, und sie hätten sich zum Applaus erhoben.

Der Wind zog an ihren Schals und Mantelsäumen. Alexas Lachen wehte hinter ihr her, zu Judith. Dann waren sie um die nächste Straßenecke verschwunden. Judith war nicht besorgt; Berlin war ihr nicht fremd. Je weiter Lin sich von ihr entfernte, desto weniger musste sie an sie denken. Nach ein paar hundert Metern dachte sie auch nicht mehr an die Silvesterparty, zu der sie unterwegs waren. Judith gab sich Mühe, den auswendig gelernten Weg so gut es ging wieder zu vergessen. Es kam ihr vor, als würde die Straßenbeleuchtung immer spärlicher, als leuchtete nur hinter wenigen Fenstern noch Licht, das sofort von den Bäumen auf dem Gehweg geschluckt wurde. Alle Geräusche schienen von weit weg zu kommen. Erst war sie nur auf ihrer eigenen Straßenseite allein, dann sah sie auf der ganzen dunklen Allee niemanden mehr. Es waren nur ein paar Minuten, die sie so von allen Menschen und allen Geräuschen verlassen durch die Straße lief. Aber dieser kurze Weg ließ sie, jedenfalls kam es ihr im Nachhinein so vor, bereits etwas von der Veränderung spüren, die nicht viel später jedes Haus und alle Menschen heimsuchen würde. Als führte er sie direkt hinein in eine neu geordnete Welt, in der nichts, was jetzt selbstverständlich war, noch diese beruhigende, beklemmende Normalität in sich trug.

Zuerst war da der Geruch. Nicht sehr stark zwar, doch Judith wusste sofort, dass etwas nicht stimmte. Als würde in ihr ein Tier zusammenzucken. Sie blieb stehen und atmete tief ein, so dass ihre Lunge sich weitete. Ein beißender Geruch, nicht giftig, aber gefährlich. Kaum war ihr ganzer Körper davon ausgefüllt, hörte sie das Knistern. Und dann, vielleicht hatte sie die Augen vorher geschlossen, dann sah sie erst, wie das Feuer sich von einem Balkon im ersten Stock eines Altbaus auf der gegenüberliegenden Straßenseite aus an der Fassade emporrankte. Es kletterte, kroch, wie etwas, das gerade erst lebendig wird, ganz langsam. Leute kamen aus den Häusern gerannt und blieben in sicherem Abstand stehen, ängstliche Erwachsene, die mit Kinderaugen den Balkon anstarrten, die brennenden Blumenkästen.

Während die Zeit beinahe still stand, kam ein Löschfahrzeug. Judith verzog sich in einen Hauseingang, als die Feuerwehrleute sich mit nüchterner Routine an ihre Arbeit machten. Die Nachbarn, die eben noch die Luft angehalten hatten, atmeten durch. Manche waren sicher enttäuscht, dass das große Unglück sich so rasch und wehrlos abwenden ließ. Sie merkten auf einmal, wie sie froren, Hunger hatten oder dass sie sich für ihre Silvesterpartys umziehen mussten, den Sekt kühlen, telefonieren und fernsehen. Als einer der Feuerwehrmänner im Schutzanzug auf den Balkon trat, die dunkle, fremde Wohnung im Rücken, machte Judith sich wieder auf den Weg. Sie versuchte, sich die Flammen aus dem Gedächtnis zu blinzeln, doch das Nachbild wollte einfach nicht verschwinden.

Das Haus fand sie sofort, welches die richtige Wohnung war, konnte sie dennoch nur erraten. Alexa musste ihr den Namen des Gastgebers genannt haben, aber sie konnte sich beim besten Willen nicht daran erinnern. Sie klingelte auf gut Glück einmal ganz unten, einmal ganz oben und einmal beim Namen Böhm, eher mittig. Nichts passierte. Sie ließ Lins Handy klingeln. Es konnte tausend Gründe geben, weshalb sie nicht abnahm, die meisten von ihnen waren ganz belanglos. Während sie überlegte, ob sie es als nächstes bei Okur im zweiten Stock oder bei Sander im vorletzten Geschoss versuchen wollte, sah sie durch die Milchglasscheibe, wie jemand von innen auf die Tür zukam.

»Willst du rein?«, fragte ein Mann im dunkelgrauen Wollmantel. Er sah aus wie ein Herr Böhm. Seine Schuhe waren ausgetreten, sie sahen allerdings nicht schlecht aus, schwarzes Leder. Die Schnürsenkel wirkten ein wenig zu neu für die Schuhe, aber man sah, dass er sich Mühe gab.

»Ja, kann sein, dass ich versehentlich bei dir geklingelt habe, entschuldige.«

»Nein, ich glaube nicht.«

»Okay.«

»Naja, vielleicht war ich da ja auch schon auf dem Hausflur.«

»Kann sein.«

»Da hört man die Klingel nicht mehr.«

Sie war froh, dass er ihr keinen Guten Rutsch wünschte, als sie an ihm vorbei das Haus betrat. Wer sich um den Jahreswechsel scherte, durfte jetzt langsam nervös werden, die Sektflaschen, die viel zu lang im Warmen gestanden hatten, zu den Rauchern auf den eisigen Balkon bringen und hoffen, dass niemand sich bediente. Gläser zählen. Vermutlich würde bald jemand Wunderkerzen austeilen. Im Hausflur lagen alte Fliesen mit einem schwarzweißen Ornament, bei dem man kaum mehr zwischen Muster und Patina unterscheiden konnte. Es roch nach nichts. Sie horchte an den Türen. Meistens war es ruhig. Irgendwo lief ein Fernseher. Jemand telefonierte. Vor Herrn Böhms Tür lag eine ausgetretene Fußmatte. Das Türschild hatte er von Hand geschrieben, in blauen Großbuchstaben, auf ein Klebeetikett. Dahinter musste noch der Name einer seiner Vormieter zu finden sein. Wie von allein machten Judiths Fingernägel sich an dem Aufkleber zu schaffen. Die erste Ecke war am schwersten zu lösen. Auf den kalten Wänden klebte Herrn Böhms Name besonders fest. Sie hauchte das Etikett ein paarmal an, dann zog sie langsam, sorgsam, mit geduldigen Fingern an der linken oberen Ecke. Als Erstes kam ein L. Dann ein I. Und ein N. Judith hielt die Luft an, der Raum drehte und dehnte sich. Fast hätte sie Herrn Böhms Namensschild einfach wieder darüber geklebt und das Ganze auf sich beruhen lassen, aber wie hätte sie da unbeschwert Silvester feiern können, mit halbgetaner Arbeit und einem Schrecken im Genick. Am Ende war aus Lin eine Linde geworden, ein angenehmer Nachname, ganz ohne Geheimnis.

Die richtige Wohnung war die oberste, bei der sie bereits geklingelt hatte. Die Partygäste hatten sich in kleine Gruppen auseinanderdividiert, zwei oder drei Leute, mal vier. Die Zimmer waren groß und sehr weiß. Auf dem Fußboden stapelten sich Magazine, die als Beistelltische herhielten. In einer San-Pellegrino-Flasche stand eine einzelne Lilie mit zwei üppigen Blüten. Die Wohnung hatte einen merkwürdigen Grundriss, sie schien kein Ende zu nehmen, jeder Raum eine Variation des vorhergehenden, alle waren sie trotzdem demselben Universum zugehörig. Noch eine Tür und noch eine. Das mussten einmal ungeheuer viele Dienstbotenwohnungen gewesen sein. Weil sie nicht wusste, wohin, folgte sie ihrem Instinkt und ging in die Küche. Ein Mann mit Bart schnitt Limetten auf. Er hatte sich ein graues Geschirrtuch über die Schulter gehängt und sah aus wie der Barkeeper in einer gehobenen Cocktailbar, seine Bewegungen wirkten kontrolliert, einstudiert und präzise, er führte sie ohne Anstrengung aus. Er war so daheim an diesem Ort, dass er zweifelsfrei der Gastgeber war.

»Entschuldigung, ich suche Lin.«

»Kenne ich nicht.«

»Wirklich nicht?«

»Glaub' nicht. Nein.«

»Und Alexa?«

»Alexa. Ja, klar. Und Lin ist ihre Begleiterin? Kurze dunkle Haare? Eher schmal? Aus Wien? Dann weiß ich's. Also, nicht, wo sie sind. Aber sie waren hier. Vor einer Stunde vielleicht, oder nicht ganz.«

Der Mann achtete eine weitere Limette.

»Und wo sie jetzt sind, weißt …«

»Nein. Leider nicht. Du kannst hier warten, wenn du willst. Und nimm dir ruhig einfach etwas zu trinken.«

Das ist doch eine Party, dachte Judith. Hier müssten normalerweise lauter Leute sein, die auf dem Klo rauchen und mit Schuhen durchs Schlafzimmer gehen und keiner trinkt sein Bier aus. Fremde Menschen ohne Anstand und Geschmack werden nachher YouTube-Videos mit ihrer Lieblingsmusik spielen. Auf deinem Laptop. Und ich darf hier warten?

Judith bedankte sich und sagte nichts weiter. Die Höflichkeit des Mannes fühlte sich an wie eine Beleidigung, eine, die man anderen Leuten schwer als solche vermitteln konnte und die deshalb umso mehr stach. Die Art, wie er sich wieder seiner Arbeit zuwandte und schwieg dabei, es hatte etwas Feindseliges. Psychologische Kriegsführung. Als der Gastgeber aus der Küche verschwand, mixte sie sich einen Gin Tonic und stellte ihr Mitbringsel auf die Arbeitsplatte, einen Weißwein mit Rotkehlchen auf dem Etikett, das vom Kondenswasser durchgeweicht und verrutscht war, der Vogel hatte eine Schramme über der Stirn abbekommen. Sie scheute sich noch eine Weile davor, auf ihrem Handy nachzusehen, ob Lin ihr eine Nachricht geschickt hatte, dann schaute sie eine Zeitlang alle dreißig Sekunden auf das Display. Schließlich entfernte sie den Akku und steckte ihn in die rechte und das entkernte Handy in die linke Hosentasche, als hätte sie das schon öfter so gemacht.

Während sie sich den zweiten Gin Tonic mischte, kamen mehr Leute in die Küche. Sie ließ ein Stück Limette, das auf der Arbeitsplatte zurückgeblieben war, in ihr Glas fallen. Jemand sagte »hey« oder »hi«, für die anderen war sie durchsichtig. Sie wusste nicht, ob Mitternacht schon vorbei war. Draußen vor der Tür war ein ewiges Feuerwerk, das mal anschwoll und anschließend wieder ruhiger wurde, nur um in dem Augenblick, wenn man dachte, es sei jetzt vorbei, mit doppelter Wucht wieder loszugehen. Sie ging eine weitere Runde durch die Wohnung. Es lief andere Musik, die Gespräche waren lauter geworden und überlagerten einander. Es war unklar, wer zu welcher Gruppe gehörte. Manche standen einfach nur herum. Es roch anders. Jemand lachte aus dem Rauschen der Gespräche heraus. Judith schloss die Augen und dachte an das Feuer. Plötzlich war sie größer als alle hier. Sie steckte die Flasche Veltliner wieder ein auf ihrem Weg nach draußen, und irgendwie verschwand auch eine Tüte Cashewkerne in ihrer Manteltasche. Und ein Korkenzieher, der nicht so aussah, als hätte der Gastgeber ihn in einer Notlage beim Späti gekauft. Er lag schwer in ihrer Hand und wärmte sich an ihr.

Im Treppenhaus hörte man, wie die Geräusche von draußen und die Geräusche von der Party ineinanderflossen, bis sie nicht mehr zu unterscheiden waren. Es war nun doch eine laute Party geworden, Judith hatte den Übergang nicht mitbekommen. Überhaupt wirkte das Haus anders, nun, da sie die Treppe wieder hinunterstieg und allem den Rücken kehrte. Hinter Herrn Böhms Milchglasscheibe war es hell. Judith ließ sich neben seiner Wohnungstür auf den Treppenabsatz sinken und setzte die Batterie in ihr Handy ein. Aufgeregt blinkte es auf dem Display, dort, wo normalerweise das Netz und nun ein leeres Dreieck angezeigt wurde.

Als Lins SMS ankamen, war Judith schon längst auf der Straße, hatte das Haus und die Feier hinter sich gelassen. Sie schaute nicht nach, als es in ihrer Tasche zu klingeln begann. Es tat nichts zur Sache, dass Lin sie nicht vergessen hatte, es sie noch gab und sie vielleicht sogar in genau demselben Augenblick, als es dieser egal wurde, an Judith gedacht hatte.

Die Stadt wirkte plötzlich doch ganz fremd. Gefährlich und losgelassen, als könne es jederzeit und überall zu brennen anfangen, als gäbe es nichts, das nicht passieren könnte. Judith dachte an das Feuer. Sie fragte sich, ob sie in der Lage wäre, etwas in Brand zu setzen, so lange, bis sie von ihrem Potential als Feuerteufelin tief überzeugt war.

Die kalte Luft und die aufgebrachten Leute machten sie noch wacher, als sie es ohnehin schon war. Es war stockfinster und zugleich seltsam hell.

»War schon Mitternacht?«, fragte sie in eine Gruppe von Menschen hinein.

Alle lachten. Jemand bot ihr etwas zu trinken an. Einige Schritte weiter begann ein Paar zu streiten, ein Mann redete auf eine Frau ein, packte sie an der Schulter, stieß sie wieder fort. Sie taumelte, der Streit wurde lauter und hässlicher. Ihr Blick traf Judiths. Die Frau suchte irgendetwas darin, vielleicht wollte sie nur, dass jemand sie sah, vielleicht wollte sie praktische Hilfe. Sie merkte schnell, dass sie keins von beidem finden könnte, ihr Blick wurde leer und abwesend, als beobachtete sie die Szene von außen und erkannte sich selbst darin allenfalls als Schauspielerin wieder. Ihr Körper verweigerte jede Gegenwehr, federte bloß ab, was kam. Ein paar entsetzt dreinschauende Menschen hasteten vorbei. Judith rührte sich nicht. Sie fragte sich, wie sie wohl in den Augen der anderen aussah, teilnahmslos oder empört, voller Mitleid oder voller Kälte. Sie spürte in sich hinein und fand weder das eine noch das andere. Dann war das Paar plötzlich weg. Alles flackerte. Zwischen Judith und dem Himmel quoll Rauch. Eine Rakete zischte gegen eine Häuserwand und explodierte erst kurz über dem Boden. Judith hatte keine Angst; vielleicht, weil sie allein und deshalb ohnehin vieles egal war. Irgendetwas anderes war mit ihr geschehen. Mit großen Schritten lief sie geradewegs ins Neue Jahr hinein. Aus einer Gruppe von Leuten löste sich ein Lächeln, das ihr galt. Sie lächelte zurück. Nie hatte sie sich tapferer gefühlt.

Wenige Stunden später lugte die Sonne über die Häuser und gab den Blick frei auf die Reste der Nacht, die verglühten Raketen und Glasflaschen und Bierdosen auf dem Bürgersteig. Sie war nicht die einzige, die wach war. Die Leute auf der Straße teilten sich auf in die, die zu viel und zu lange gefeiert hatten, die, deren Partys schon früh zu Ende gewesen waren und für die ein beinah normaler Tag begann, und schließlich in Leute, die mit ihren Hunden spazieren gehen mussten und die deshalb keiner der beiden anderen Gruppen eindeutig zugewiesen werden konnten. Ein fuchsfarbener Mischling sah sie vorwurfsvoll an, als sie seinen Weg kreuzte. Judith wusste nicht, wo die ganzen Stunden geblieben waren, als sie von einer halb wütenden, halb erleichterten, nach Müdigkeit, Wein und Zigaretten riechenden Lin in die Arme geschlossen wurde.

»Ich hab' mir solche Sorgen gemacht. Solche, solche Sorgen«, sagte sie.

»Frohes neues Jahr«, sagte Judith, und versuchte, sich auch erleichtert zu fühlen. Ihre Hand tastete in der Manteltasche nach dem Korkenzieher und hielt sich daran fest.

Momentum

Die Sachen waren wie von allein in den Rucksack gekommen, sie konnte nicht einmal sagen, wann genau sie mit dem Packen begonnen hatte. Das war noch in einem anderen Leben gewesen. Eine ganz andere Person hatte das gemacht, eine, die Lin noch nicht kannte und nicht wusste, wie lange sie es in Wien aushalten würde. Ob sie vielleicht doch ihr Studium oder ein anderes Studium wieder aufnehmen würde. Zu einer Zeit, als alles möglich gewesen war, weil nichts sie zu halten vermochte. Es hatte sich eine Unzufriedenheit eingeschlichen, die beständig an ihr nagte, und die die Tür weit offen gelassen hatte für die unterschiedlichsten Ängste. Vor fremden Menschen, bekannten Menschen, vorm Alleinsein, davor, immer seltsamer oder nie jemand anderes zu werden. Mit dem Packen aufgehört hatte sie nie, ständig kam etwas Neues hinzu. Auch jetzt fiel es ihr schwer, die Arbeit als beendet anzusehen, dabei beulte und wölbte sich der Rucksack bereits.

Sie hatte den Rucksack nur gekauft, um ihn vollzuräumen, und er hatte seit dem Rückweg vom Bergsteigerfachgeschäft kaum Tageslicht gesehen. Seine Chancen, je einen Gipfel zu erklimmen, standen schlecht. Dass Geld ihr völlig gleichgültig war, machte die Sache einfach. Der Rucksackfachverkäufer hatte gleich durchschaut, dass Judith keine Ahnung vom Wandern hatte, und ihr mithilfe fragwürdiger Argumente das zweitteuerste Modell verkauft. Wahrscheinlich ein guter Tag für ihn. Er hatte ihr zehn Kilo Gewicht, zwei Sandsäcke, hineingepackt und sie damit durch den Laden trotten lassen. Andere Rucksäcke, meinte er, brauchte sie gar nicht erst probieren. Sie widersprach nicht, zog an den vielen Strippen und korrigierte ihre Haltung, bis die zehn Kilo sich anfühlten wie eines. Am Ende ging sie außerdem mit einer Flasche aus gebürstetem Edelstahl und Tabletten zur Reinigung verseuchten Trinkwassers aus dem Laden.

Ein Löffel, eine Strickjacke und Unterwäsche für einige Tage. Zwei, drei Briefe von Maren, die ihr mal ungeheuer nah gewesen war und die vielleicht noch immer in der Stadt lebte, aus der auch Judith kam. Es waren nicht die letzten Briefe, jene, die Judith nicht beantwortet hatte. Sondern irgendwelche aus den Jahren davor, als alles noch in Ordnung gewesen war. Sie fragte sich, ob Marens Handschrift noch dieselbe war und ob sie immer noch Briefe schrieb. Ihre eigene Handschrift hatte sich über die Jahre wenig verändert, auf den zweiten Blick bemerkte man allerdings, dass ihre Schrift irgendwie altersschwach geworden war. Es fühlte sich schließlich anders an, mit der Hand zu schreiben, wenn man es nicht oft tat. Die Finger waren es nicht mehr gewohnt, einen Stift zu halten, und sie schienen vor Verwunderung starr zu werden, wenn sie es doch dann und wann tun mussten. Ein Ring, der ihr zu irgendeinem speziellen Anlass geschenkt worden war, landete ebenfalls im Rucksack; sie hatte ihn schon als Kind bekommen und nie getragen, er war ganz unbemerkt wichtig geworden, wie er so in seinem Kästchen lag und auf seinen großen Einsatz wartete. Ihr Reisepass, noch neun Jahre gültig, danach würde ihr schon etwas einfallen, war auf eine andere Art wichtig und als einziges Gepäckstück in der Zwischenzeit immer wieder aus dem Rucksack hervorgekommen. Für Berlin, für die Bank. Danach hatte Judith ihn immer sofort wieder eingepackt, immer an die gleiche Stelle.

Für Geld hatte sie nicht gesorgt, es war ihr einfach zuwider, auch nur daran zu denken. Und so vertraute sie darauf, dass sie mit einem ausreichend gefüllten Geldbeutel aufbrechen würde, wenn es soweit war. Kurz hatte sie überlegt, die von den Reisen und Forschungsaufenthalten übriggebliebenen Dollar- und Pfundnoten aus Lins Schublade mitzunehmen, zumal sie dieser ohnehin nicht fehlen würden.

Den Gedanken verwarf sie schnell. Willkürlich Fremdwährungen einzupacken wäre übertrieben gewesen. Eher zum Spaß packte sie die Trinkwassertabletten und ihre Nobelflasche ein. Außerdem ein Stück Seife, das angenehm roch, ohne dass man sagen konnte, wonach. Im Lauf der Zeit duftete auch der Rest ihres Gepäcks danach; sie mochte, wie eins ins andere überging. Eine grobe und eine feinere Feile hatte sie irgendwann wieder ausgepackt, genau wie die Schale aus Olivenholz. Aber die Schale war zuletzt doch wieder in den Rucksack gewandert, vielleicht, damit der Löffel nicht so allein war, und ein Tuch, das man als Geschirrtuch verwenden konnte, zum Schnäuzen oder um sich damit abzutrocknen. Außerdem ein etwas Größeres, ein Hamam-Tuch, mit dem man sich zudecken oder es als besonders warmen Schal verwenden konnte. Die grünen Schnürsenkel, das Heftchen mit Nadeln und Zwirn und die Schere mit den zu kleinen Augen. Die Feilen waren im letzten Moment doch wieder zurückgekommen. Judith leistete keinen weiteren Widerstand und schob sie so tief wie möglich hinein, so dass sie wenigstens nicht das Erste waren, was sie auspacken würde. Über die unteren Schichten des Rucksacks war sie sich nicht mehr im Klaren, aber sie vertraute darauf, dass sie nichts eingepackt hatte, was sich später als überflüssig erweisen würde und dass sie nichts Wesentliches vergessen hatte.

Der Rucksack war auch wie von allein mit ihr zur Arbeit gekommen, als hätte er geahnt, dass seine Zeit bald käme. Sein Gewicht schwand tatsächlich, wenn man an den richtigen Gurten zurrte. Judith musste sich an den Trägern festhalten, um zu spüren, dass er da war. Es war noch dämmrig und eine müde Ruhe lag über den Straßen. Wer jetzt schon unterwegs war, war wie nach innen gestülpt. Sie ging die Treppe in die Werkstatt hinab, stellte den Fuß auf der losen Stufe etwas schräg, damit sie nicht zu sehr wackelte. Alles eine Frage der Balance.

»So viele Handwerker und keiner repariert vor der eigenen Haustür«, hatte Milo gesagt. Tatsächlich hatten sich alle schon so sehr an die wacklige Stufe gewöhnt, dass sie ihnen nicht mehr kaputt erschien. Auch für Judith gehörte sie an diesen Ort, ohne wacklige Stufe wäre er nicht derselbe. Genauso war die Werkstätte von der Tür geprägt, die man mit dem ganzen Körper öffnen musste, weil sie so viel Widerstand leistete. Wenn man allerdings zu viel Kraft aufwendete, flog sie mit unerwartetem Schwung auf. Stufe und Tür hatten sich gegen neue Kunden verschworen. Manche stolperten erst hinunter und dachten daraufhin, die Werkstatt sei zugesperrt. Andere traten mit so viel Elan ein, dass sie fast auf der anderen Seite des Raumes landeten, mit Staunen und Schrecken im Gesicht. Manche fluchten. Milo nahm das zur Kenntnis, mehr nicht. Er hatte schon zu viel mit Menschen erlebt, als dass ihn Kundschaft aus dem Konzept bringen könnte.

Momentum, dachte Judith jedes Mal, wenn sie am Morgen durch die Tür schwang. Ein Übergangsritual, um ja nicht zu nahtlos von der einen in die andere Welt zu wechseln. Wenn die Feilen und Hobel, Pinsel und Schnitzeisen ihr zur Begrüßung zugenickt hätten, wäre sie nicht weiter verwundert gewesen. Als Erstes setzte sie Wasser auf und kochte Tee.

Die stehende Säge sah ihr erwartungsfroh zu. Sie war als erste an der Reihe, es war neues Holz gekommen, und neues Holz wurde als erstes zu kleinerem neuen Holz verarbeitet. Dann ging der Kreislauf weiter, einmal durch die gesamte Werkstatt, von Maschine zu Maschine, von grob zu fein und schließlich von fein zu hübsch.

Warme Hände waren das Wichtigste, sonst konnte man das mit der Präzision sofort vergessen, und Judith war immer die Erste, die die filigranen Arbeiten übernahm, die kleinen Sachen, bei denen man sich keinesfalls verhobeln durfte. So viel wie möglich arbeitete sie händisch. Milo war Geld halbwegs egal, dennoch hielt ihn etwas davon ab, den Betrieb nach und nach zu automatisieren und auf Computertechnologien umzustellen – so wie andere das machten, die dann am Tagesende mit sauberen und splitterfreien Fingern heimgingen, weil sie hauptsächlich programmiert hatten und nur sehr wenig gesägt, und noch weniger gefräst. Der Rucksack wanderte in einen toten Winkel unter der Werkbank, die Judith mehr oder weniger allein gehörte, und machte es sich im Sägemehl bequem.

Judith setzte sich mit ihrem Tee an Milos Schreibtisch unter dem Fenster. Dass die Werkstatt im Souterrain lag, hielt Judith für mit das Beste an ihrer Arbeit. Von hier hatte man einen einmaligen Blick auf die Stadt, aus einem so ungewohnten Winkel, dass der Sehsinn ihn nicht mehr automatisch geraderücken konnte. Draußen lief ein Paar glänzend schwarzer Stiefel mit flachem Absatz vorm schmutzigen Fensterglas entlang. Es wurde immer geschäftiger auf der Straße. Ein zotteliger Hund schaute kurz zum Fenster hinein, roch an dem Gitter davor und trabte weiter, einem ungeduldigen Paar Nike Air Max hinterher. In ein paar Minuten würde sie Milos Platz räumen und an ihren eigenen gehen müssen.

Einige Briefe lagen noch verschlossen auf der Tischplatte verteilt. Es war schwer, nicht auf die Absender zu schielen. An der feindseligen Schreibmaschinenschrift erkannte sie aus dem Augenwinkel, dass das meiste Amtspost sein musste. Manche Holzarten ließen sich lesen wie Braille. Sie strich über den Tisch, fuhr mit den Fingerspitzen die Maserung entlang bis zu ihrem Ende, eine lange gerade Straße Richtung Rand der Welt. Sie fegte eine Büroklammer darüber hinaus und schob sie mit der Stiefelspitze weiter, bis in einen Spalt im Parkett hinein. Dort unten, in den Grundfesten des Hauses, würde sie wahrscheinlich bis in alle Ewigkeit überdauern, selbst wenn noch an diesem Tag der Dachstuhl Feuer fangen und alles bis zur Werkstatt niederbrennen würde.

Milo stellte eine Pappkiste auf Judiths Werkbank ab und sah sie an, als wollte er sich dafür entschuldigen. Wie immer wartete er, bis jemand anderes etwas sagte, ehe er zu sprechen begann.

»Was ist das?«, fragte Judith.

»Arbeit. Ohne Witz. Mieser Auftrag, aber ganz okay bezahlt. Also eigentlich wie immer, nur andersrum. Lautet: Bitte die zerbrochenen Möbel restaurieren. Und Susan Sontags Schreibtisch gleich ganz ersetzen, der ist nämlich in der Mitte durchgebrochen und gesplittert, ist nicht zu retten. Kannst du das machen? Wenn du das nämlich nicht kannst, kann's wahrscheinlich niemand. Jedenfalls niemand von uns. Müsste ich dann jemand anderen empfehlen für den Job, kann man nichts machen.«

»Das ist kein normaler Job.«

»Nein. Wir machen das trotzdem, hab ich gesagt. Geld ist Geld. Und Spezialisten gibt's nicht für sowas, beziehungsweise ist da jeder Spezialist, der weiß, wie man was leimt.«

»Ich weiß, wie man was leimt.«

»Und wie man was restauriert.«

»Ich bin genau dein Mann, Milo.«

»Dann weiß ich nicht, worüber wir hier noch sprechen sollen, schau es dir an.«

Judith schaute mit den Händen; kramte sich mit vorsichtigen Fingern durch die Kiste. Die einzelnen Stücke waren in Zeitungspapier gewickelt, jedes Paket gab ein geschrumpftes Möbelstück frei. Im Grunde sahen die Möbel ganz gewöhnlich aus; wenn man sie mit dem richtigen Objektiv vor einem neutralen Hintergrund fotografieren würde, wären sie nicht von Menschenmöbeln zu unterscheiden. Sie konnte nicht aufhören, sich über die Hobbys anderer Leute zu wundern.

In einem Briefumschlag fand sie Fotos berühmter Schriftstellerinnen und Schriftsteller an ihren Arbeitsplätzen und die detaillierte Skizze einer Art Puppenhaus, in dem all diese Räume unter einem Dach versammelt waren. Der alte Traum von einer Künstlerkommune, praktischerweise ganz ohne Kommunarden.

»Klar, übernehme ich«, sagte sie. »Was ist mit dem Haus dazu?«

»Habe ich noch im Wagen. Sieht eigentlich ordentlich aus, hat sogar Parkettfußböden und richtige Tapete.«

Milo war ein weiser Mann und ein guter Geschäftsmann. Er sagte nie Nein zu einem Auftrag, selbst dann, wenn sich viele Leute in die Werkstatt verirrten, die nicht wussten, dass sie nicht einmal auf der Suche nach einem Tischler waren oder die den Unterschied zwischen Bau- und Möbeltischlern nicht kannten, oder dass man fürs Restaurieren streng genommen eine richtige Ausbildung braucht. Er konnte viel, was er nicht konnte, improvisierte er. Wenn etwas schiefging oder er auf halbem Wege merkte, dass er für die jeweilige Aufgabe nicht das richtige Gerät hatte oder nicht das richtige Wissen, entschuldigte er sich. Viele der Stammkunden kamen aus Mitgefühl wieder. Oder weil sie von Milo gemocht werden wollten, alle wollten von Milo gemocht werden, man spürte bereits an seinem festen warmen Händedruck, dass er ein Freund sein konnte, wenn er wollte. Andere kamen nie wieder, wenn sie den Laden einmal verlassen hatten, das lange Gesicht voran. Die gehen jetzt einem Regalkonfigurator auf die Nerven, sagte er dann. Handwerk war ein sehr persönliches Geschäft, erst recht Holzhandwerk. Entsprechend oft war man persönlich beleidigt, wenn man aus der Werkstatt ging. Das galt für alle, für die Kundschaft wie für die Angestellten, nur Milo war nie persönlich beleidigt, ihn beleidigte nur der Zustand der Welt und die Verkommenheit der Menschheit.

Erstmal sortieren, dachte Judith und suchte sich in der Werkstatt ein paar Kartons zusammen, die sie mit den Namen der Schriftsteller versah. Dann schrieb sie alle Einzelteile, die sie hatte, auf eine Liste, verglich sie mit der Skizze und ordnete sie den Leuten zu. Neben Susan Sontags entzweitem Schreibtisch gab es einige Stühle in ähnlich schlechtem Zustand und manche Möbel fehlten ganz. Die Telefone sahen alle identisch aus, ungeachtet der Epoche und des Herkunftslandes der Bewohner. Was für ein Durcheinander es gäbe, wenn Ingeborg Bachmanns Telefon in Adolfo Bioy Casares' Büro läuten würde. Noch schlimmer waren die zwei überzähligen Wählscheibentelefone, für die sie extra eine Schachtel mit der Aufschrift »Anonym« versehen musste. Puppenhäuser sollten Keller und Dachböden haben für solche Fälle, dachte Judith, was für ein Konstruktionsfehler. Aus einem Zahnstocher und etwas Watte bastelte Judith einen winzigen Staubwedel und machte sich ans Werk.

Es war auch kein knie- oder allenfalls hüfthohes Puppenhaus, sondern eines, bei dem man bequem im Stehen in die oberste Etage schauen konnte. Für etwas so Kleines war es viel zu groß. Der Begriff Puppenhaus war vollkommen falsch für dieses verkleinerte Habitat, in dem es alles gab, außer Puppen. Für Kinder musste so etwas ungeheuer langweilig sein. Es war eindeutig der ernsthaften Formstrenge eines Erwachsenengehirns entsprungen und bildete eine Erwachsenenwelt ab, eine, in der gearbeitet, geraucht und getrunken wurde, wo viel gelitten wurde, gelacht, geklagt und wenig gespielt. Wenn überhaupt gespielt wurde, dann um Geld oder Ehre. Judith würde sich ein neues Wort einfallen lassen müssen, aber dafür war noch Zeit; möglicherweise kam ihr während der Arbeit eine Idee. Vielleicht war es einfach ein Hausmodell oder Modellhaus, so ähnlich wie Architekten es anfertigten. Den Gedanken, dass sie unter Umständen doch den Beruf verfehlt hatte, schob Judith so achtlos wie möglich beiseite. Gut möglich, dass dieses hier ganz einfach ein Zwischending war, ein puppenloses Puppenhaus, ein Ohnepuppenhaus, eine Nachbildung ohne Vorbild. An einem gewöhnlichen Puppenhaus hätte Judith nie Gefallen gefunden, dieses hier zog sie dagegen sofort in seinen Bann. Ein kleines leeres Universum, in dem sie sich zuhause fühlte, ohne Teil von ihm zu sein.

Die nächsten Tage wurden von der Arbeit völlig aufgesaugt, sie blieb noch länger als sonst in der Werkstatt, sparte sich die Mittagspause und hing daheim ihren Gedanken an die kleinen Möbelstücke nach. Sie lernte ständig etwas Neues über Holz und über ihre Arbeit. Zumal kleine Stücke so ganz anders waren als große, andere Fähigkeiten von ihr verlangten und neue Bewegungen. Sie besaß jetzt ein beleuchtetes Vergrößerungsglas und stellte so viele Lampen auf, dass ihr kein Staubkorn und kein Splitter entging. Jeden Winkel des Hauses nahm sie unter die Lupe, ölte, schliff und leimte, schnitzte und sägte und fluchte und freute sich.

Die Arbeit schien kein Ende zu nehmen, immer fielen ihr neue Details auf, derer sie sich annehmen konnte. Dass die Wählscheibentelefone keine Kabel hatten, konnte sie nicht auf sich beruhen lassen. Und wo ein Kabel war, musste auch eine Steckdose sein. Sie legte sich Floristendraht und weiße Modelliermasse zu. Außerdem kaufte sie eine ausgesprochen kleine Schraubzwinge, heimlich, von ihrem eigenen Geld. Ihre Hände wurden immer ruhiger. Die Kabel von den Telefonen zur Steckdose waren schnell zugeschnitten und ließen sich leicht verlegen. Diskret zwischen Tisch und Wand, wie in den echten Zimmern; sie stellte etwas her, um es unsichtbar zu machen, die größte Befriedigung, die sie in ihrer Laufbahn erlebt hatte. Anders verhielt es sich mit den Kabeln zwischen Telefongehäuse und Hörer. Judith wickelte den Draht in engen Spiralen um einen Nagel. Zum Schluss malte sie den kupferfarbenen Draht schwarz an, mit einer dicken matten Acrylfarbe. Ein paarmal vermalte sie sich, anfangs trug sie die Masse ständig zu dick auf, so dass das Ergebnis unsauber war.

Im Mülleimer sammelten sich die Versuche. Nun hatte sie es raus, wickelte und malte im Akkord. Am besten und schlimmsten war das Warten, bis die Farbe getrocknet war. Keine Herausforderung war so groß wie eine Geduldsprobe. Als sie alle Telefone angeschlossen hatte, fertigte sie aus dem übriggebliebenen Floristendraht Ersatzkabel an. Man konnte nie wissen. Die Ersatzkabel kamen in eine Ersatzkabelkiste, die wunderbar auf den Dachboden der Kommune gepasst hätte, wenn es einen gegeben hätte. Sie fand einen sehr feinen Rapidograph auf Milos Schreibtisch und beschriftete die Kiste mit den kleinsten Buchstaben, die man sich vorstellen konnte.

Sie bekam einen Katzenbuckel, wie sie so über die Miniaturen gebeugt an ihrem Werktisch saß, mit eingefallenen Schultern. Sie gefiel sich so, die Arbeit entsprach ihr. Es war die ideale Aufgabe für Judith; ohne sich größenwahnsinnig vorzukommen, wusste sie, dass niemand hier dies so gut konnte wie sie.

»Was bist du eigentlich von Haus aus, Zahntechnikerin?« fragte Milo sie einmal. Hinten in der Werkstatt röhrte ein Lachen. Judith drehte sich zu ihm um und schwenkte mit der Lupe nach ihm.

»Ich bin Zahntechnikerin avant la lettre, ich habe Zahntechnik im Restaurationskurs gelernt, ich bin die beste Zahntechnikerin des ganzen Tischlereigewerbes!«, sagte sie, es sollte eindrucksvoll klingen. Sie bückte sich wieder über ihren Draht und ihre Pinzetten- und Wattestäbchensammlung. Milos Schritte entfernten sich. Jede Säge und jede Schraubzwinge in der Werkstatt zollten ihr leise Respekt.

Sie entdeckte Fehler im Modell – Abweichungen von den beigelegten Fotos oder Einzelheiten, bei denen der Maßstab verrutscht war. Ein Schreibtischsessel war zu klein, niemals könnte Ismail Kadare darin Platz nehmen. Sie fertigte einen neuen an; den Zwergsessel ließ sie diskret verschwinden. Sie legte ihn in die Säcke mit den giftigen Abfällen, in denen Lacke oder Furniere entsorgt wurden, die man nicht mehr zu Holzpellets pressen konnte. Da hinein schaute niemand, die verschwanden einfach, niemand wusste so recht, wohin. Mit dem neuen Sessel war sie sehr zufrieden, er war das beste Stück im ganzen Haus. Der abwesende Kadare sollte es bequem haben. Wenigstens an seinem Schreibtisch.

Es ging das Gerücht, dass Ludwig Wittgenstein beim Bau des Hauses für seine Schwester Margaret Stonborough-Wittgenstein im letzten Moment Zweifel an der Wahl der Deckenhöhe bekommen hatte und die Etagen kurzerhand um drei Zentimeter höher bauen ließ. Judith war sich vollkommen sicher, dass er richtig entschieden hatte und dass es keinen falschen Zeitpunkt für gute Eingebungen gab. Auf dem Leuchttisch zeichnete sie eine Kopie des gesamten Bauplans und besserte alles aus. Sie wurde Architektin, Zahntechnikerin und Restaurateurin, ohne dass jemand ihre Verwandlung bemerkte. Wenn ein solch labiler Geist wie Wittgenstein Häuser entwerfen konnte, konnte sie das dreimal. Das fehlerhafte Original ließ sie in Milos Aktenschrank verschwinden. In ihrer Skizze gab es keine Unstimmigkeiten. Akribie war eins der großartigsten Worte, die sie kannte.

Kaiserinnenreich

Am Morgen schwang sie nun mit ungekannter Begeisterung in die Werkstatt, und sie hielt einen Moment auf der Schwelle inne, damit die Transformation sich in aller Gründlichkeit vollziehen konnte. Allerdings war ihre Begeisterung keine unbegrenzte Ressource, wenn sie einmal aufgebraucht war, war sie weg bis zum nächsten Tag. Ihre fehlende Begeisterung dafür, zuhause zu sein, kippte in einen Unmut, der ihr selbst am lästigsten war. Lin bemerkte ihn nicht einmal.

Vor der Arbeit und danach ging sie spazieren. Judith erlief sich nach und nach den ganzen Bezirk, in dem Lin und sie lebten. Sie tat Dinge, die sie früher nicht gemacht hätte, zum Beispiel früh am Morgen in der Bäckerei ein Stück rosinenlose Mohntorte zu essen und dabei zu versuchen, den Gesprächen der älteren Damen an den umliegenden Tischen nicht zuzuhören. Sie bleckte beim Rausgehen die Zähne, um im Spiegelschein der Bäckerstür zu überprüfen, ob da noch Mohn war. Sowas machte man, wenn einem alles halbwegs gleichgültig war. Selten lächelten die alten Damen ihr hinterher. Die Bäckerin tat jedes Mal, als hätte sie Judith nie zuvor gesehen, und bediente sie so, wie man Laufkundschaft bedient, höflich und gleichgültig. Judith mochte sie. Jedes Mal las sie den Namen auf dem Schild an ihrem Busen und nie prägte er sich länger als ein, zwei Stunden ein. Sie ging durch belebte und leblose Straßen, über Spielplätze, Tramgleise und durch Unterführungen. Die größte Kunst war zu vergessen, wo man hinmusste oder dass man überhaupt irgendwo hinmusste, und die Gedanken nie weiter gehen zu lassen als bis zum nächsten Schritt und dann zum nächsten. Statt den Weg vor sich anzusehen, konzentrierte sie sich lieber auf die unendlichen Details, die Ornamente über den Hauseingängen, kriegerische Männer- und verträumte Frauenköpfe, die rührend unpolitischen Aufkleber auf den Stromkästen oder die Tatsache, dass es immer noch Kaugummiautomaten gab, obwohl seit Jahrzehnten keine Kinder mehr bei deren ordnungsgemäßer Benutzung erwischt wurden. Man könnte auch annehmen, es gäbe keine Telefonzellen mehr, das aber war ein voreiliger Schluss. Es gab sicher ein Gesetz, das die Demontage der Telefonzellen unmöglich machte, anders war ihre Existenz nicht zu erklären. Wenn man sie suchte, fand man sie überall. In allen, wirklich allen, lag der Hörer nicht auf der Gabel, sondern baumelte an einem verchromten Kabel hinab. Nur in einigen wenigen baumelte das Kabel allein, die zugehörigen Hörer entwendet in der Stille der Nacht. Irgendwo musste es die Hörer noch geben, vielleicht waren sie an einen Sammler geraten. Oder es war einfach nur ein enorm befriedigendes Gefühl, ein solches Kabel zu zertrennen, vielleicht ging es um das, einen rohen und einfachen Sinnesreiz, das Messer in die Hand nehmen, schneiden, etwas Haltbares kaputtmachen. Manchmal konnte man noch Reste eines Telefonbuchs erkennen, einen aufgeweichten Buchrücken, die Abdrücke vor Jahren ausgedrückter Zigaretten gleich neben der Wählscheibe. Außen und innen zärtliche Vandalismen, zum Beispiel mit Edding geschriebene anarchistische Parolen oder wilde Plakate. Sie werteten das Objekt insgesamt eher auf als ab. Alle paar Straßenecken stand so eine Telefonzelle und duckte sich unter den Blicken der Passanten hindurch. Was sie auszeichnete, war ihre Dezenz, eine altertümliche Form der Zurückhaltung, wie das Dienstpersonal, das in der Tapete verschwindet, bis man nach ihm klingelt. Wahrscheinlich war niemandem genug daran gelegen, ihre Demontage bei den zuständigen Behörden einzufordern. Und was sollte man schon tun mit dem freigewordenen Platz, ein Quadratmeter pro Stück, vielleicht etwas mehr. Andererseits, dachte Judith, wenn man die nutzlos gewordenen Flächen allesamt annektieren würde, hätte man schnell ein ordentliches Kaiserinnenreich beisammen. Ein Kaiserinnenreich, in dem alle stehen mussten, weil zum Sitzen kein Platz war, die aufrechteste Monarchie in der Geschichte.

Sie wusste nicht, was Lin in der Zeit machte, die sie selbst mit ihren Spaziergängen oder in der Werkstatt verbrachte, ob Lin vielleicht zeichnete oder an einem neuen Artikel für eine der Kunstzeitschriften arbeitete, für die sie regelmäßig schrieb. Bei einem der Spätnachmittagsspaziergänge hatte sie Lin gesehen, zufällig, wie sie gerade aus dem Supermarkt kam, einen bunt bedruckten Stoffbeutel über der Schulter und unterm Arm eine Flasche Wein. Wenn sie sie noch nicht gekannt hätte, hätte Judith in dem Moment die größte Lust gehabt, mit ihr zu sprechen oder einfach neben ihr durch die Straße zu laufen, wohin auch immer sie unterwegs war, Lin jedenfalls schien das genau zu wissen, so wie sie ging. Judith blieb stattdessen stehen, sah ihr aus sicherer Entfernung beim Weggehen zu und verrannte sich in der Idee, dass Lin sie ebenfalls gesehen haben musste, da man doch Menschen, die man wichtig findet, aus jedem noch so flüchtig wahrgenommenen Bild heraussieht. Auf zweihundert Meter: Das Ohr da, das ist ihres! Auf hundert Meter: wie sie sich die Brille zurechtrückt, erhaben über jeden Zweifel! Dem Augenwinkel einer Liebenden entging man nicht so leicht. Wenn sie sie also tatsächlich nicht gesehen haben sollte, bedeutete das etwas. Und wenn sie nur so getan hatte, als sähe sie sie nicht, bedeutete das so ziemlich dasselbe. Auf den folgenden Spaziergängen mied sie alle Supermärkte, was dem Unterfangen alle Freiheit und jedes Vergnügen raubte. Bald nutzten die übriggebliebenen Wege sich ab.

Milo wartete, bis alle anderen fort waren, Material besorgen, Kaffee trinken oder Kundentermine wahrnehmen. Er blieb in Judiths Nähe und tat so, als schaute er sich die Bretter an, die am Vortag geliefert und von dem neuen Lehrling zugeschnitten worden waren. Seine Finger fuhren an den Kanten entlang. Sein Blick ging in die Ferne. Er wollte mit ihr sprechen und wusste nicht, wie. Judith ließ sich zu einem Kommentar über das miese Wetter hinreißen, um ihn wenigstens zum Raunzen zu bewegen. Er räusperte sich, dass die Nägel in den Nagelkisten erzitterten, und fragte Judith geradeheraus, ob sie denn außer Arbeit keine Freude im Leben hätte, das sei ja gar nicht mehr mitanzusehen, er werde schon depressiv, wenn er sie nur von Weitem beobachte. Dann nahm er ihr die Puppenmöbel Stück für Stück ab, inspizierte sie und lobte Judith auf eine Weise, die nicht verbergen konnte, was er wirklich dachte. Dass sie nämlich nicht mehr ganz bei Trost war, sich dermaßen in einen Auftrag hineinzusteigern, der von egal welchem Kollegen in der Hälfte der Zeit erledigt worden wäre.

»Super Arbeit«, sagte er. »Aber weißt du, was auch super ist? Effizienz ist auch super. Hundert Überstunden sind okay, wenn man die bezahlt kriegt. Wenn du einen Fixpreis ausmachst, sind hundert Überstunden nicht okay, so gut kann der Fixpreis gar nicht sein. Dann sind hundert Überstunden nur ein paar Tage weniger am Badesee oder zwei komplette Wochenenden auf dem Balkon, plus ein paar Stunden extra, die nie mehr wiederkommen. Und komm ja nicht irgendwann an bei mir und sag, hier hast du dein Geld wieder, ich hätte dann gern meine Wochenenden aus den letzten soundso vielen Jahren alle zurück. Schaut alles toll aus, nichts zu beanstanden, da kann man mit der Lupe kommen und sieht trotzdem keine Fehler. Aber dich will ich nächstes Wochenende nicht an der Werkbank sehen. Ich stell eine Kamera auf, und wenn du nur einen Fuß hier reinsetzt, nehme ich dir deine Feilen weg und schenk sie Gerhard, der kriegt die in zwei Tagen stumpf und merkt's nicht mal. Okay? Okay. Du machst Urlaub. Musst ja nicht gleich wegfliegen, aber ein paar Tage frei machen und frei heißt, wenn ich das für dich übersetzen muss, ohne Arbeit. Ist ein Befehl von ganz weit oben.«

Während er sprach, wuchs Milo tatsächlich um ein paar Zentimeter. Kein Wunder, dass er normalerweise nie solche Monologe hielt, er würde hier im Souterrain sonst längst nicht mehr unter die Decke passen. Seine Stimme füllte den gesamten Raum aus und blieb noch eine Weile darin stehen. Ehrfürchtig drängte sich das Werkzeug in den Regalen aneinander. Die stehende Säge rutschte ein Stück näher zur Wand. Die frisch zugeschnittenen Bretter standen stramm.

Judith schaute ihn an, als habe er Hochverrat begangen. An ihr, ihrer Arbeit und allen Literaten, deren Möbel sie restauriert hatte, immerhin zwei Nobelpreisträger, einer, der den Nobelpreis abgelehnt hatte, und allesamt ehrenwerte Leute, die nichts so sehr verdient hatten wie einen intakten Arbeitsplatz. Sie nickte trotzdem. Milo irrte sich nie, eine Eigenschaft, die sie an ihm immer lieber mochte und an Lin immer weniger ertragen konnte. Wie er dastand, die großen Hände in den riesigen Hosentaschen vergraben, sah er aus wie von Janosch gemalt, unmöglich, ihm nur einen Augenblick böse zu sein oder sich durch seine immer ein wenig zu laute Stimme verängstigen zu lassen.

Judith war in den letzten Jahren so selten aus der Stadt herausgefahren, dass sie nicht mehr wusste, worin der Unterschied zwischen Urlaub und einem Ausflug bestand. Im Grunde kannte sie von Österreich nur Wien und von Wien nur die Gegenden, in denen sie bereits gewohnt, gearbeitet oder Möbel eingebaut hatte, plus ein paar erlesene Anlaufpunkte für die kleinen Fluchten vor sich selbst. Ihre erste Idee war, sich für eine Zeit in einem Hotel in der Inneren Stadt einzuquartieren. Im Imperial an der Ringstraße vielleicht, oder doch ein paar Bezirke weiter, im Hotel Regina neben der Votivkirche; um sich unter Touristen zu mischen und selbst wieder ein wenig fremd zu werden. Doch das würde strenggenommen nicht einmal als Ausflug durchgehen. Immerhin hatte sie bereits gepackt. Der Rucksack lugte verstaubt unter ihrer Werkbank hervor. Das Reiseziel würde sich schon irgendwie ergeben. Auf ihrem Rückweg lief sie an Plakaten vorbei, die für einen ausgeblichenen Stand an der Côte d'Azur oder ein Yogazentrum am Neusiedler See warben. Für Südfrankreich hätte sie sich beinah begeistern können, der Neusiedler See jedoch sah nicht einmal auf dem Plakat einladend aus. Kaum hatte sie ihren Blick darauf geschult, nach Urlaubsorten Ausschau zu halten, sah sie überall Anzeigen von Reisebüros, Hotelketten und Fluglinien.

Ein Freund aus dem Leben vor Lin hatte ihr erzählt, dass man alles auf der Straße finden könne, wenn man sich nur darauf konzentrierte und den Blick entsprechend scharfstellte. Er zum Beispiel hatte eines Tages Büroklammern gebraucht, und statt welche zu kaufen wie jeder gut dressierte Supermarktkunde hatte er einfach die Augen aufgemacht und die Straße abgesucht. Zum Beweis hatte er drei, vier Büroklammern aus der Hosentasche geholt und sie in einer Linie auf der Tischplatte arrangiert. Sie sahen alle unterschiedlich aus und blinkten Judith herausfordernd an. Sie wäre davon gern weniger beeindruckt gewesen. Es ärgerte sie, dass sie noch immer daran denken musste und dass dieser Mensch sich in ihre Erinnerungen geheftet hatte, ohne vorher um Erlaubnis zu fragen. Am meisten ärgerte es sie, dass er Recht hatte. Dass man, zumal in einer so großen und leidlich aufgeräumten Stadt wie Wien, überall alles finden konnte. Für diesen Blick, der noch das kleinste Detail in einem dreidimensionalen Wimmelbild ausmachen konnte, hatte sie eine besondere Begabung. Sie konnte mit anderen Leuten spazieren gehen und wenn sie an ihrem Ziel ankamen, hatten sie völlig unterschiedliche Dinge wahrgenommen. Selbst Lin, von der sie sich anfangs so sehr erkannt gefühlt hatte, wusste so wenig von dem, was sie sah. Sie konnten nebeneinander die Straße entlanglaufen und Lin sah die Ornamente an den Häusern, während Judith nach Gardinen Ausschau hielt, die sich aus offenen Fenstern bauschten.

Kaum bog sie um die vorletzte Ecke vor ihrem Haus, lag ihr eine Fahrkarte zu Füßen, schon entwertet und offensichtlich von niemandem vermisst, und hinderte sie am Weitergehen. Ein Schiffsticket von Bratislava nach Wien, mit einem leisen Sohlenabdruck auf der Vorderseite. Judith hob das Ticket auf und begrub es im nächsten Papierkorb. Sie war immer schon dankbar gewesen, wenn ihr Entscheidungen abgenommen wurden. Das war nicht die ruhm- und glorreichste Art, durchs Leben zu schreiten, andererseits hatte es sich bislang auch nicht als tragisch herausgestellt. Also Bratislava, warum nicht. Mit dem Schiff nach Bratislava.

Secunderabad

Es gibt keine kurzen Schiffsreisen. Selbst diese Fähren, die einen maximal für den Preis einer Busfahrkarte über den Müggelsee oder ans andere Rheinufer bringen, bereiten einen vor auf Unerreichbares, auf eine kleinstmögliche Ferne, die noch immer fern genug ist. Es gibt Schiffsreisen, die länger dauern als hundert Leben, zu viele gibt es davon, und kein Mensch kann behaupten, nichts davon zu wissen. Die Schiffspassagiere hier jedoch wirkten nicht so, als interessierte sie irgendetwas. Sie alle standen da wie erprobte Reisende. Das bedeutete: gleichgültig, gelangweilt und bestens vorbereitet.

Wenn man – wie Judith – noch nie eine Kreuzfahrt unternommen hätte, wenn man noch nie auf einen Raddampfer gestiegen wäre, um den Mississippi oder den Vierwaldstättersee aus Wasserperspektive kennenzulernen, dann käme einem das Procedere am Fähranleger beim Schwedenplatz feierlich genug vor. Andächtig und verloren stand Judith da und fragte sich, ob sie seekrank werden würde und ob sie in ihrem bisherigen Leben überhaupt schon einmal seekrank gewesen war. Oder flusskrank wie in diesem Fall. Es wäre gut gewesen, dachte sie, einen Plastiksack griffbereit zu haben.

Die meisten der anderen Passagiere stiegen dennoch viel zu unbedarft ein, so als wüssten sie überhaupt nicht, was für eine Art von Reise sie vor sich hatten. Nicht trotz, sondern wegen ihrer touristischen Erfahrungen würden sie nicht einmal von einer Reise sprechen. Die niedrigen Decken und die still auf den Abschied von einem vertretbaren Sauerstoffgehalt wartende Luft in den Räumen der Anlegestelle ließen andererseits auch nicht zu viel Platz für große Gedanken. Das Wort Gehäusefahrt kam Judith in den Sinn. Eine Fahrt, bei der die Landschaft sich fortbewegt, die Städte vorüberziehen, Felder und

Wege sich entfernen und man selbst reglos am gleichen Ort bleibt. So lange, bis das Landschaftsrauschen sich wieder zurückfragmentiert in einen Bahnhof, Hafen, Parkplatz, irgendetwas, das mit Häusern gesäumt ist, die Nummern und Namen tragen, möglichst unaussprechliche Namen. So wie die Arbeiterstrandbadstraße am Donauufer, an der richtigen Donau, nicht am Kanal. Für die Beschilderung der Arbeiterstrandbadstraße mussten die Buchstaben näher zusammenrücken, weil das Beschilderungsfeld an der U-Bahn-Station nicht für eine solche Unzahl Buchstaben vorgesehen war. Wien war eine einzige typografische Herausforderung.

Die Werbeschilder stellten Bratislava und Wien als Twin Cities vor. Es gibt nichts Traurigeres als entfremdete Zwillinge, dachte Judith, Zwillinge, die miteinander reden, wie man mit Fremden redet, die einen nicht interessieren, die vielleicht sogar ein wenig lästig sind und durch ihre Anwesenheit bereits nerven. Als wären sie wie jedes andere Familienmitglied. Nur zu toppen von Zwillingen, die überhaupt nicht mehr miteinander reden und auf der Straße aneinander vorbeigehen, als gingen sie an ihrem eigenen Spiegelbild vorbei und interessierten sich nicht dafür, wie ihre Haare sitzen. Andere Twin Citys: Lewiston (Maine, USA) und Auburn (Maine, USA). Hyderabad (Telangana, Indien) und Secunderabad (Telangana, Indien). Und natürlich Minneapolis-Saint Paul (Minnesota und Wisconsin, USA), bei der es sich um eine einzige Stadt handelt, verteilt auf zwei Bundesstaaten. Das funktioniert also auch so.

Judiths Rucksack schob sie sanft und nachdrücklich nach vorn. In Schlangen zu stehen, war nicht ihre Stärke. Sie hielt sich an den Schulterriemen fest, als ginge es um was; die Arme dicht an die Rippen gepresst. Sie verringerte ihre Oberfläche, die Oberfläche ihrer Haut; die Stellen, die sich berühren ließen, schrumpften auf das kleinstmögliche Areal. So gibt man weniger Wärme ab, das lernt man im Biologieunterricht: Man macht sich klein, wenn es kalt wird. Wenn man Kindern etwas mehr Zeit zum Denken gäbe, könnten sie sowas sicher auch allein deduzieren. Wenn die Oberfläche im Vergleich zum Volumen eines Körpers möglichst klein ist, ist das dazugehörige Tier besser vorbereitet auf winterliche Umgebungen. Pinguine auf den Galápagos-Inseln sind klein und leicht und haben deshalb viel Oberfläche. Die Kaiserpinguine in der Antarktis sind vergleichsweise ordentliche Brocken. Ökogeografie, kapiert jeder sofort, dachte Judith. Nur war jetzt leider Sommer, zumindest Sommer genug, dass ihre Achselhöhlen sich etwas zu feucht anfühlten, als dass Judith vergessen könnte, dass es sie gab.

Man merkte kaum einen Unterschied zwischen Schiff und Anleger. Auch die Schwelle war ein Gehäuse: Die Brücke, über die es an Bord ging, war vielmehr ein Tunnel, der der Unwägbarkeit des Wassers die Sicherheit räumlicher Enge entgegensetzte. Keinen Spalt zum Wasser ließ er frei. Dass auch ja kein Baby hineinfiel, kein Reisepass, nicht einmal ein Haustürschlüssel. Ein dicker Bauch stolzierte vor Judith durch die Tunnelschleuse, hinter ihr unterhielten sich zahlreiche Stimmen über Fahrradreifen, schiefgelaufene Dreiecksbeziehungsversuche und ein Proseminar über Prosodie, wobei sehr schwer festzustellen war, ob die Gespräche nun zusammengehörten oder nur zufällig ineinander übergingen. Manche Sprachen erkannte Judith, andere nicht. Sie fand einen Platz am Fenster, wo man das Wasser schwanken sah, und stellte den Rucksack auf dem Platz neben sich ab, den Arm zart um seine Schulterriemen gelegt. Der Rucksack rückte etwas näher an sie heran, schmiegte sich an ihre Taille.

Der Fluss atmete auf und streckte sich, sobald er die Stadtsäume abgestreift und hinter sich gelassen hatte. Jeden zweiten Augenblick passierten sie Hütten, vor denen die Daubelfischer ihre Netze kurz über der Wasseroberfläche im Wind schaukeln ließen. Wie

Hängematten, dachte Judith, und nichts ist so leer wie eine leere Hängematte.

Jede Hütte sah ein kleines Stück verlassener aus als die vorherige. Manche waren kaum besser ausgestattet als ein Hochsitz, andere rechtschaffene Wochenendhäuser mit Gardinen vor den Fenstern. Judith erschrak fast, als vor einer doch ein Fischer saß, über die aus dem Rahmen gespannte Daubel gebeugt, in seiner Arbeit so versunken, dass er nicht einmal aufschaute, als die Fähre ihn passierte. Der letzte seiner Art. Was ist dir ins Netz gegangen, dass du so traurig schaust, Daubelfischer? Oder durch die Maschen, sagte eine Stimme, die zu niemandem gehörte.

Er flickte. Oder er ließ bloß seine Hände über das Netz wandern und grübelte. Im Vorbeifahren war es nicht zu erkennen. Dann kamen noch mehr fischerverlassene Hütten. Sie standen auf vier Holzbeinen, kein Hochwasser konnte sie gefährden. Wenn ich eine Hütte hätte, dachte Judith, sie hätte Füße, um wegzugehen. Wenn ich eine Hütte hätte, ich hielte sie nicht auf. Ich würde mich an jedem Tag wundern, an dem sie noch an Ort und Stelle stünde.

Von links und rechts wucherten grüne Auen ans Wasser heran. Die Bäume standen dort und warteten, als wollten sie ans andere Ufer und wüssten nicht wie.

Schließlich passierten sie eine Festung am Ufer, Menschen machten Bilder, die Fähre fuhr um eine Donaubiegung und vor ihnen tat sich die Stadt auf. Judith wurde nicht flusskrank. Niemand wurde flusskrank. Es war eine sehr bequeme Überfahrt. Die gleichen Leute, die sich vorher über Dreiecksbeziehungen unterhalten hatten, behaupteten, die Fahrt sei kurz gewesen. Sie wussten überhaupt nichts. Schwer zu sagen, ob sie enttäuscht waren oder erleichtert. Vorm Verlassen des Schiffs bekam man von einer Frau in einem vage an Marineuniformen erinnernden Kleid Prospekte in die Hand. Der Steg, mit dem sie an Land gingen, war stabil, die Fähre lag fest und sicher auf dem Wasser. Man musste nicht ans Ufer springen, es gab keine Lücke zwischen Schiff und Land. Dann ging die Fahrgemeinschaft auseinander. Höflich warfen sie alle die Prospekte der Marinefrau in den nächsten Papierkorb, der schon mit offenem Mund auf sie wartete. An der nächsten Fußgängerampel schon konnte man nicht mehr sagen, wer zur Fährgemeinschaft gehört hatte und wer vorher schon in der Stadt gewesen war.

Es war also Tag

Es war also Tag. Welcher, war egal. Sie wollte es überhaupt nicht wissen und schob den Gedanken so lange beiseite, bis er sich im Gras- und Moosduft auflöste. Am Himmel hingen reglose Wolken. Wie aufgeschäumt sahen sie aus. Ein Schwarm Vögel zog über sie hinweg und würdigte den Menschen am Boden, der eben noch ein Höhlentier gewesen war, keines Blickes. Der Schwarm kreiste auseinander, kam wieder zusammen, wechselte die Formation und entfernte sich, bis er sich nicht mehr vom Horizont abhob. Es säuselte in den Halmen und Blättern, so dass sich die Ruhe in ihr selbst umso vollkommener anfühlte. In eine Welt ohne Menschen geboren, dachte sie, was für ein Glück. Und sie dachte, dass sie ihren Namen wohl in der Höhle gelassen hatte, in der Dunkelheit, im Vorbeihuschen in eine feuchte Ritze geschoben.

Ein paar hundert Meter weiter begann der Wald. An seinem Saum stand ein Hochsitz, und weil sie sonst kein Ziel hatte, steuerte sie ihn an. Der Weg erschien ihr lang, als bräuchte sie Stunden, als entferne sich der Waldrand immer fast genauso weit, wie sie sich ihm näherte. Das Holz war in einem schlechten Zustand, sichtbar verwittert, dennoch wirkte der Hochsitz stabil und schwankte keinen Millimeter, als sie erst vorsichtig, dann kräftig an seinen Posten und Querstreben rüttelte. Sprosse für Sprosse stieg sie hinauf und merkte nichts davon, wie schlecht sie früher im Klettern gewesen war. Jetzt ging es wie von allein. Keine Höhenangst. Überhaupt keine Angst, vor nichts und niemandem. Der Hochsitz wirkte von innen wie ein Baumhaus, eher wie ein Kinder- als wie ein Jägertraum, und beinahe behaglich. Jeder Wohnraum wäre von nun an eine Höhle für sie, und jede Höhle ein Wohnraum, und Wohnraum war plötzlich ein sehr weiter Begriff.

Erst als sie den Rucksack abnahm, fiel ihr auf, wie schwer er war. Sie kippte den Inhalt auf den Boden und machte sich daran, ihren Besitz zu ordnen in Dinge, die sie brauchte (alles, was nach Medizin aussah, die Silberionen-Tabletten zur Trinkwasseraufbereitung, Behälter und Werkzeuge zum Beispiel), und Dinge, die sie nicht mehr brauchte (alles, auf dem der Name stand, den sie nicht mehr trug und der sie nirgendwo mehr hinbringen sollte). So lange, bis ihr eine gute Lösung für Stapel zwei einfallen würde, deckte sie ihn mit einem Tuch ab. Die Gegenstände lagen vor ihr wie Fremde, die sich zum ersten Mal begegneten und kein großes Interesse aneinander zeigten. Sie setzte sich in den Eingang des Hochsitzes und rieb ihre Schultern, um sie daran zu erinnern, dass sie den Rucksack los waren und nicht mehr wehtun mussten. Auch ihr eigener Geruch kam ihr nicht einmal mehr bekannt vor, da war etwas Moosiges, fast Holziges in ihre Haut eingedrungen. Sie roch an ihrem Unterarm und roch noch die Höhle, irgendwann würde sie sich waschen müssen, doch das war ein Problem für später. Jetzt wäre sie gern Raucherin gewesen, aber es war auch in Ordnung, nur hier zu sitzen. Ganz von allein strichen ihre Finger über das Holz, das sie umgab, fuhren die Ritzen entlang. Sie umkreisten die grauen und gelben Flechten, ohne sie zu berühren. Eine Flechte ist eine Lebensgemeinschaft, erinnerte sie sich, bestehend aus einem Pilz und etwas, das Photosynthese betreibt. Durch die Symbiose entsteht ein völlig neues Lebewesen. Es wächst langsam, dafür wird es sehr alt. Eine Weile schaute sie die Wiese unter sich an, die sich bis zu dem Höhlenloch streckte, aus dem sie gekrochen war. Sie observierte. Niemand zu sehen. Nur das Gras bewegte sich. Eine Spur zitternder Halme zog sich von einem Ende der Wiese zum anderen, diese allerdings wuchsen zu hoch, um irgendetwas zu erkennen. Vielleicht ein Hase. Tiere gab es also noch. Später sah sie noch ein Reh, und das Reh sah sie. Es war auf einmal weit hinten am anderen Ende der Wiese aufgetaucht, als wäre es an dieser Stelle erst entstanden und nicht wie ein gewöhnliches Reh aus dem Wald herausgelaufen. Sie rührte sich nicht, es rannte trotzdem weg, zurück in den Wald, zwischen die Bäume.

Ein Hochsitz war nicht dafür gemacht, um sich darin vor anderen Menschen zu verstecken. Es fehlte der Fluchtweg, der Hinterausgang. Noch dazu stand er so exponiert auf seinen langen Beinen. Schon der Gedanke, in der Nacht könne jemand die Leiter heraufsteigen, machte sie nervös. Sie wollte keine Daubelfischer in ihrer Nähe und sonst keine Leute, die bei Dunkelheit im Wald herumlaufen. Jäger erst recht nicht. Es wäre wohl klüger, tags zu schlafen. Vielleicht. Der Abend war eine gute Jagdzeit, wenn sie sich nicht täuschte, aber was wusste sie schon. Jagen war ihr zuwider. Sie blieb wach, so lange sie konnte, und merkte nicht, wie sie in den Schlaf glitt, da war es schon dunkel, still jedoch nicht, still wurde es nie am Waldrand. Still wurde es nicht in der Höhle.

Wie schutzlos man ist, wenn man schläft. Sie war tief hineingekrochen in ihre neue Wohnhöhle. Ohne es zu merken, hatte sie sich in der hinteren Ecke zusammengerollt wie ein Fuchs, der selbst im tiefsten Träumen noch ein Ohr spitzen muss. Als sie wach wurde, war es hell, nicht gleißend, doch hell. Sie hörte wieder die Waldgeräusche. Sie klangen jetzt weniger entfernt. Der Streifen Geäst und Himmel, den sie aus ihrer Fuchsposition heraus sah, wirkte genauso unberührt und unbeeindruckt wie zuvor. Auf allen Vieren kroch sie auf den Eingang des Hochsitzes zu, lugte heraus, spähte Richtung Höhlenloch und ließ den Blick über das Feld schweifen. Es bewegte sich nichts im Gras, kein Reh stand Spalier. Ein Vogel kreiste in der Ferne, kreiste weiter und ließ sich in die Tiefe stürzen. Sie bezog wieder ihren Platz, die Füße auf den Leitersprossen abgestellt und schaute und schaute. Sie hätte sicherlich eine passable Raucherin abgegeben.

Die Hiesigen kamen schließlich doch, ein Hase und so etwas wie ein Marder, ein kätzisches, hündisches und viel zu flinkes Wesen mit wilden Augen. Ihr Futter teilte sie heute mit niemandem. Es war kein Tag. Es war jeder Tag.

Dann kam der Regen. Am Waldrand klingt Regen anders, voller, ein sattes Prasseln, das von einem gleichmäßigen Tosen untermalt wird und alle anderen Geräusche unhörbar, vielleicht sogar unvorstellbar macht. Es dauert, bis sich das Wasser seinen Weg durch die dichten Baumkronen bahnt, und je näher es dem Boden kommt, desto rauschender und monotoner wird sein Klang. Es war so beglückend, im Unterschlupf zu sitzen und dem Regen zu lauschen und die feuchte Luft zu atmen, dass sie erst gar nicht daran dachte, wie sehr sie das Wasser brauchte. Erst spät machte sie sich doch daran, ein bisschen was aufzufangen. Man musste dafür gar nicht sehr geschickt sein. Sie verließ ihren Hochstand, die Flasche in der Hand, und suchte sich zwischen Gräsern und Gestrüpp ein Rinnsal, um sie zu füllen. Eine Plane wäre gut gewesen, um das Regenwasser zu sammeln, solche Sachen wusste man einfach, dafür brauchte es kein Pfadfinderabzeichen. Allerdings nutzte das Wissen wenig, wenn man mitten in der Landschaft saß und keine Plane hatte und lieber verdurstete, als in einen Planenladen zu gehen. Sie trank einen Schluck Regenwasser. Fast war sie enttäuscht, dass es so gut schmeckte und so normal. Dass Regenwasser einfach Wasser war, darauf bereitete einen schließlich niemand vor. Das Rinnsal wurde immer dünner, die Flasche war nicht einmal zur Hälfte gefüllt. Als ihr der Einfall kam, den Plastiksack zu holen, in dem ihre noch sauber und frisch vor sich hin duftende Kleidung wartete, hatten die Regenwolken sich schon fast verzogen. Am Ende blieb ihr eine nahezu volle Wasserflasche und die Gewissheit, dass das Dach ihres Hochsitzes ein ziemlich ungünstig gelegenes Leck hatte. Mit der Sonne kamen auch die Tiere wieder hervor. Bald müsste sie einen Beutezug machen, etwas sammeln, das man essen konnte. Sie dachte an einen satten Himbeerstrauch, rotgefärbte Fingerspitzen, Kerne zwischen den Zähnen und eine vage Angst vor Fuchsbandwürmern und anderen Endoparasiten. Ein wenig komisch war die Vorstellung, dass sie sich auf die Suche nach Himbeeren machen würde, auch. Sie lachte. Aus dem Wald kam ein Keckern zurück, vielleicht ein Echo, vielleicht eine Fähe. In glücklichem Eifer rollte ein Käfer eine Kugel Mist über den Waldboden. Es konnte nicht sein, dass jeder depperte Hase hier satt wurde, während sie als einzige hungrig inmitten der feuchtwarmen Wiese saß und ihre ganze Vorstellungskraft darauf verwendete, sich eine Handvoll Beeren auszumalen.

Pix Fagi

Weil es zum Urlaub gehört, dass man sich von seinen Routinen wenigstens vorübergehend verabschiedet, wollte Judith nicht genauso planlos durch Bratislava laufen, wie sie sonst durch Wien lief. Es kam ihr so fernliegend vor, in ein Museum zu gehen, dass sie es sich sofort vornahm. Wenigstens eines wollte sie besuchen und zwar als Erstes, vor dem Kaffeehaus und bevor sie sich noch auf irgendwelche Hinterhöfe oder in Supermärkte stahl oder mit einem beliebigen Bus in ein beliebiges Wohngebiet fuhr, aus dem sie nur mühevoll wieder herausfand. Sie wollte eine normale Touristin und in ihrer Rolle überzeugend sein.

Judith glaubte fest daran, dass alles interessant sein konnte, wenn man es sich gut genug anschaute. Selbst Sehenswürdigkeiten. Darum war ihr ein Museum so gut wie das nächste vorgekommen, und sie hatte sich so lange nicht zwischen ihren Möglichkeiten entscheiden können, bis sie vor der früheren Apotheke zum Roten Krebs, dem heutigen Pharmaziemuseum, stand und merkte, dass sie das Eintrittsgeld schon in der Hand hatte, auf den Euro genau abgezählt. Die Frau an der Kasse deutete auf die Hinweistafeln, die den Besuchern das Fotografieren und Rollschuhlaufen untersagte, und schaute angemessen streng. Judith mochte es, wenn Leute ihre Arbeit ernst nahmen.

Sie hatte nicht damit gerechnet, dass sie sich so für das Museum begeistern könnte, und staunte am meisten über sich selbst. Es ging überhaupt nicht um eine Apotheke im Ganzen oder um so etwas Abstraktes wie Medizingeschichte, sondern strenggenommen nur um die verschiedenen Arten von Gefäßen, in denen früher Medikamente aufbewahrt wurden. Alles andere wurde geflissentlich verschwiegen. Teilnahmslos standen die Behälter in den Regalen, die

Schriftzüge pflichtschuldig nach vorn gewandt. Wenn sie Menschen gewesen wären, sie hätten die Arme hinter dem Rücken verschränkt und ins Leere geschaut. Überhaupt erschien alles hier recht gleichgültig. Der Popmusik aus dem Radio war auch egal, dass sie die Demarkationslinie verletzte zwischen dem heiligen Ernst eines jeden Museums und der Bodenständigkeit der Orte, an denen solche Musik sonst noch gespielt wurde. Judith guckte alles genau an, nicht zuletzt der Aufsicht zuliebe. Sie saß da auf dem Stuhl, die Beine unentschlossen übereinandergeschlagen. Das Museum war vor allem dafür bekannt, dass es sehr alt war. Es war gut gealtert, dieses Haus, wo früher Fallsucht, Schwindsucht und Antoniusfeuer kuriert wurden und heute Langeweile.

Manche Gefäße waren aus Glas, andere aus Metall; am besten waren die aus Keramik, und am allerbesten die, auf denen alte Worte standen, Worte wie Zauberformeln, Worte, die gewiss niemand so korrekt aussprechen konnte wie ein Alchemist vor ein paar hundert Jahren, der sie mal entschlossen, mal ehrfürchtig leise in seinen Bart gesagt haben musste, wo sie dann blieben, bis er den Bart abrasierte, und er ging nicht zum Barbier, das war unter seiner Würde. Judith sah ihn vor sich, sah hinter dem Alchemisten ein Mädchen – vielleicht seine Tochter, aber eher nicht, eher hatte er sie im Bach gefunden – die Ohren spitzen, wenn er »Pix Fagi« sagte, »Baccae Juniperi« oder »Mumia Vera«. Judith lernte auch von den bescheidenen Hinweistafeln neue Worte. Zum Beispiel »Fayence«. Das war eine Art ungesintertes Irdengut. Und was das wiederum war, tat nichts zur Sache.

Judith bewegte ihre Lippen, um sich den Klang der neuen Vokabeln wenigstens vorstellen zu können. Sie überlegte, ob sie den Namen mochte, so lange, bis sie ganz von allein Gefallen daran fand. Fayence, Fayence. Eher ein Frauen- als ein Erdenname. Sie suchte in der Seitentasche ihres Rucksacks, bis ein Zettel und ein Kugelschreiber zum Vorschein kamen. Fayence, schrieb sie auf die Rückseite eines Kassenbons; die Buchstaben zitterten, das y und das e hielten etwas zu viel Abstand, so dass es wie zwei Worte aussah, Fay und ence. Judith zog einen dieser Bögen über die Lücke wie in der ersten Klasse beim Schreibenlernen. Oder wie in der Musik, wenn mehrere Noten zusammengezogen wurden. Oder? Sie verstand leider nichts von Musik, vielleicht war sie ja doch richtig hier. Die Aufseherin musste zufrieden sein mit ihrem interessierten Gast.

Noch mit dem Zettel in der Hand, noch bevor sie aufsah, bemerkte Judith, dass sie doch nicht die einzige Besucherin war. Sie hatte keine Schritte gehört und keine Stimme, nichts aus dem Augenwinkel gesehen, sie hatte einfach gewusst, dass da jemand schräg hinter ihr stand, an dem Regal mit irgendwelchen Gefäßen aus irgendeiner Zeit. Judith sah sie zuerst im Spiegelbild, das die gläserne Tür eines Arzneimittelschrankes ihr bot. Dann drehte sie sich zu ihr um und sah sie direkt an; die Spiegelung hatte ein unscharfes, fast verzerrtes Bild gezeigt. Doch auch so konnte Judith sich keinen Reim machen auf die Person, die sie da vor sich sah. Ihr Gesicht schien aus vielen Gesichtern zu bestehen, sie sah wie ein Junge aus und wie eine Frau, die schon zu viel erlebt hatte. Wie jemand, den man schon einmal gesehen hatte, auf einem Gemälde vielleicht, wo sie als Monarchin mit den Insignien ihrer Macht und einem Infanten auf dem Arm ins beste Licht gerückt wurde; oder man hatte sie in einem alten Spionagefilm gesehen, wo sie sich im rechten Augenblick nach der Kamera umdrehte, während sie ein Streichholz anriss und eine Ladung Dynamit anzündete. Es war nicht möglich, ihr Alter zu schätzen oder anhand bestimmter Merkmale darauf zu schließen, ob sie arm oder reich war, wo sie herkam oder wofür sie sich interessierte. Sie trug schwarze Jeans, ein gestreiftes T-Shirt, keinen Schmuck; die dunklen

Haare reichten knapp bis unters Kinn und der Pony überlegte noch, ob er gerade herunterhängen wollte oder sich seitlich an die Stirn schmiegen. Das einzig Auffällige waren ihre Katzenaugen, und selbst die konnten sich auf keine Farbe einigen. Mit solch einem Bankräuberinnengesicht bräuchte man kein Phantombild zu fürchten und müsste nicht einmal eine Strumpfmaske tragen. Sie merkte, dass sie starrte, und die andere hatte es ebenfalls längst bemerkt. Ihre Katzenaugen suchten Judiths Blick, forderten etwas von ihr, eine Regung, eine Haltung, Judith verlor die Kontrolle über ihr Gesicht, die Mimik entglitt ihr. Was machte sie, lächelte sie? Jedenfalls lächelte die andere. Und sofort wandte sie sich aus Judiths Blick heraus und ging, einfach so. Mit einem solchen Ende konnte Judith sich leicht abfinden, fast hatte sie befürchtet, sie würde mit der Frau ein Gespräch anfangen. So war es besser. Die Frau ging dicht an Judith vorbei, Schulter an Schulter fast. Da war womöglich sogar eine Berührung gewesen, es ließ sich nicht genau sagen. Judith hatte noch gehofft, in ihrem Vorübergehen den Duft frisch gewaschener Haare oder ihr Parfum oder ihr Waschmittel riechen zu können, aber nichts dergleichen, schon war die Frau zur Tür hinausgeweht. Judith guckte zurück zu der Stelle, an der die andere eben noch gestanden hatte.

Die Aufseherin schaute höflich an die entgegengesetzte Wand, und Toni Braxton seufzte »Un-Break My Heart« aus dem Radio. Die Musik erschien Judith noch lauter als zuvor. Es gab also noch Menschen und Geräusche. Nur waren es die falschen. Ohne dass sie ihren Beinen den Befehl zum Abmarsch erteilt hatte, stand Judith im nächsten Augenblick auf der Straße. Aus den Pflastersteinen strahlte eine seltsame Wärme bis zu ihren Fingerspitzen hinauf. Von der Frau war nichts mehr zu sehen, die ganze Welt tat so, als sei diese eine überhaupt nie da gewesen, und ging ihren Geschäften nach. Leute fotografierten. Babys schrien. Absätze klapperten und Plastiktaschen raschelten und alle redeten. Judith kam die Stadt sehr unordentlich vor. Ständig ging es auf und ab, die Gassen waren krumm, nicht einmal der Boden gleichmäßig. Man konnte ständig stolpern. Die Häuser schienen auf sie zuzukippen. Eine Katze lief im Zickzack über die Straße, Judith verlor sie aus den Augen, schließlich tauchte sie genau dort wieder auf, wo sie eben losgelaufen war. Wie eine Schutzsuchende lief Judith in ein Café, zeigte auf ein Stück Torte in der Vitrine und verzog sich an den kleinsten Tisch im hintersten Eck, ein Eck ohne Fenster, und sie setzte sich mit dem Rücken zum Raum. Vor sich hatte sie nur Tapete, eine dieser Tapeten, in deren Muster man sich verirren konnte. Da war man so sicher wie in der Mitte eines Labyrinths.

Das Tortenstück buhlte vergebens um Judiths Aufmerksamkeit. Sie nahm das Smartphone aus der Hosentasche, um ihr neues Zauberwort nachzuschlagen. Fayence war alt, steinalt, erdenalt. Im Alten Ägypten hatte jemand ein Nilpferd mit einer Art Fayencetechnik hergestellt, es blau glasiert und ihm Lotosblüten auf den imposanten Leib gemalt. Als es nach tausenden Jahren erstmals wieder Tageslicht sah, irgendwer hatte es mit ins Grab genommen, warum auch nicht, taufte man das Nilpferd auf den Namen William. Heute lebt Hippopotamus William in New York im Metropolitan Museum of Art. Überall Fayence, dachte Judith, und niemand wusste davon, und wer interessierte sich schon dafür. Als sie alles über Hippopotamus William gelesen hatte, was ihre schnelle Recherche hergab, war der Akku beinahe leer. Nachrichten waren keine angelangt, Anrufe erst recht nicht. Das Nusstortenstück sah mittlerweile regelrecht beleidigt aus, an seinen Rändern war es schon merklich getrocknet. Judith aß es auf, sie war schließlich pflichtbewusst, da konnte sie nicht aus sich heraus. Dass sie ihren Geldbeutel nicht mehr hatte, und auch sonst nicht mehr alles, fiel ihr erst auf, als die Kellnerin mit der Rechnung vor ihr stand, oder eher über ihr, zumindest kam es ihr so vor, während sie immer kleiner wurde, alle Taschen mehrmals abtastete und schließlich auch ihren Rucksack mehr oder weniger komplett entleerte, und dann dämmerte es ihr. »Pickpocket«, stammelte sie und wusste nicht einmal, dass sie so gut Englisch konnte. Da war eine Taschendiebin gewesen.

Am Ende hatte die Kellnerin sie einfach gehen lassen. Vielleicht war ihr peinlich gewesen, dass Judith die Sache so peinlich war. Es ist nicht leicht, jemanden zu sehen, der sich derart schämt, schon gar nicht für etwas, von dem er selbst den größten Nachteil hat. Auf einer mehr oder weniger sauberen Bank, eine Kirche im Rücken, breitete Judith ein letztes Mal den Inhalt ihres Rucksacks aus. Dann packte sie alles wieder ein, genauso sorgfältig wie zuvor, und nahm neben dem Rucksack Platz, den Arm ganz sanft um ihn herum gelegt, wie zum Trost. Dabei konnte er ganz gewiss nichts dafür, der Geldbeutel hatte in ihrer Hosentasche gesteckt, wie immer, die Frau musste sie also wirklich berührt haben, als sie so dicht an ihr vorbeigegangen war. Dass in dem Geldbeutel auch ihre Rückfahrkarte war, hatte die Diebin sicher gehörig überrascht. Bis zum Ablegen der Fähre am späten Nachmittag war es noch eine Weile hin, und Judith stellte fest, dass sie keine Ahnung hatte, wie man sich die Zeit vertreibt, wenn man kein Geld dabeihat. Zum Glück war sie noch kuchensatt. Sie blieb einfach sitzen auf der Bank, schaute Tauben zu, schaute Menschen zu, die die Tauben fütterten, und lächelte sie an. Wenn sie nicht mit dem Schiff heimfahren konnte, dann eben nicht. Es interessierte sie kaum, dass sie nicht wusste, wie sie nach Wien zurückkommen würde. Beunruhigt war sie schon gar nicht. Es hätte sie betroffener gemacht, wenn es jemand anderem passiert wäre. Auch, dass sie kein Geld mehr hatte, kam ihr eher lästig vor als wirklich schlimm. Es war ohnehin nicht viel gewesen. Schwarzfahren mit dem Zug war immer eine Option; sie hatte eine Universalausrede, ihr Zauberwort – »Pickpocket«. Wenn sich schon Kellnerinnen damit erweichen ließen, warum nicht auch Schaffnerinnen. Sogar laufen war eine Option. Wenn man nicht trödelte, war es an einem einzigen Tag möglich, die sechzig oder siebzig Kilometer zu Fuß zu gehen. Judith überlegte, wie lang Marathonläufer für zweiundvierzig Kilometer brauchten, rechnete ein wenig herum, um die längere Strecke und die geringere Geschwindigkeit miteinzukalkulieren, kam jedoch zu keinem brauchbaren Ergebnis. Vielleicht klappte es, vielleicht nicht. Wahrscheinlich war es ein Stück zu weit, um an einem Tag durchzukommen, noch dazu mit Gepäck. Als geübte Wanderin konnte Judith sich beim besten Willen nicht bezeichnen. Heute brauchte sie sich jedenfalls ganz sicher nicht mehr auf den Weg zu machen.

Auf der Bank schräg gegenüber hatte es sich eine alte Frau bequem gemacht. Sie wurde sofort von Tauben umringt, dabei machte sie keine Anstalten, sie zu füttern. Für Judith interessierten sich nicht einmal die Vögel. Probehalber riss sie ein Stück von einem Müsliriegel ab und warf es vor sich auf den Boden, den Rest packte sie wieder ein. Die alte Frau schaute finster. Erst passierte nichts. Dann wippte zaudernd ein Tauberich herbei, nahm mit spitzem Schnabel die Beute auf und sprang sofort ins nächste Gebüsch. So strich der Tag dahin, im Warten verdichtete sich die Zeit, dann löste sie sich auf. Judith saß auf der Bank und dachte nach, und als sie nichts mehr zum Nachdenken hatte, blieb sie trotzdem sitzen.

Als es an der Zeit war, lief sie die paar hundert Meter bis zum Donauufer. Die Promenade war voll mit Leuten, so voll, dass es kaum ein Durchkommen gab. Judith beschloss erst im letzten Moment, die Wartenden an der Anlegestelle für die Schiffe nach Wien großzügig zu umgehen. Sie wollte ihrer Taschendiebin nicht in die Arme laufen. Sie wollte bloß schauen, ob sie an Bord ging und als ihre Stellvertreterin nach Wien zurückfuhr. Den besten Blick hatte man von der Fußgängerbrücke. Judith lehnte sich an die Balustrade, den Rucksack zwischen den Füßen geparkt, und adleräugte nach unten, wo sich immer mehr Leute einfanden und sich in eine Reihe stellten. Der Zugang zum Schiff war mit einem gelben Tau versperrt. Jemand in Matrosenuniform passte auf, dass niemand unrechtmäßig an Bord ging. Hinter dem Tau wartete bereits das Schiff und wogte ungeduldig auf und ab. Die Donau ist ein schneller Fluss, sie macht einem das Stillhalten nicht leicht. Endlich öffnete der Matrose das Tau. Er hatte nicht auf die Uhr gesehen, der Kapitän hatte ihm kein Zeichen gegeben. Er bestimmte einfach, dass es nun losging. Als Erstes ging eine Familie an Bord, sicher wollten sie sich die besten Plätze sichern, ganz vorn am Panoramafenster. Vier, fünf Gesichter kamen Judith bekannt vor, mit ihnen war sie am Morgen gemeinsam in Wien losgefahren.

Die Taschendiebin aus dem Pharmaziemuseum sah sie erst, als sie gerade an Bord ging, fast schon sprang, mit einem einzigen federleichten Schritt. Sie schaute, kaum dass sie auf dem Schiff stand, nach oben, direkt in Judiths Gesicht. Ihre Blicke berührten sich und hielten einander fest. Judith lächelte ihr zu, winkte. Die andere winkte auch, gleichzeitig, sie waren sich wie Spiegelbilder. Auch die Taschendiebin lächelte. Der Wind hatte ihre Haare zerzaust. Gepäck hatte sie keines, nur eine rote Handtasche, in die kaum ein Buch passen konnte. Trotzdem sah sie aus wie jemand, der eine lange Reise vor sich hat. Aber das galt ja für alle Menschen, die ein Schiff bestiegen, weil alle Schiffsreisen lang waren, weil sich alle entgegen der Zeit bewegten, wenn sie sich für ein so altes, so überholtes Transportmittel entschieden.

»Gute Reise«, rief Judith, der Fluss trieb die Worte jedoch unmittelbar fort. Bald würde ein etwas größeres Schiff unter der Kettenbrücke durchfahren, in Belgrad unter der Pančevo-Brücke, den

Hafen von Galați passieren und schließlich im Schwarzen Meer versinken, als wären sie nie gesagt worden. An der Taschendiebin vorbei gingen Leute an Bord, es war kaum zu glauben, wie viele von ihnen auf einem Schiffchen wie diesem Platz fanden. Erst als der Matrose sie an der Schulter berührte, sie fast ein wenig schob, ging auch die Taschendiebin zu den anderen Passagieren in den Bauch der Fähre. Judith sah dem Schiff nach, wie es Fahrt aufnahm. Dann schaute sie dem Fluss beim Fließen zu.

Sicher waren viele Abschiedsworte in diesem Zehnländerfluss ertrunken. Hier hatten sich schon größere Tragödien abgespielt als ein Drama um einen geklauten Geldbeutel und ein versäumtes Schiff. In dem Jahr, als Judith nach Wien gezogen war, hatte es ein Hochwasser gegeben. Züge waren ausgefallen, die Gleise waren an manchen Orten zu nah am Wasser gebaut gewesen. Im Fernsehen sah man Leute, denen alles davongeschwommen war, selbst die Autos, die Fernseher, die Kindheitserinnerungen von unschätzbarem Wert. Wie sich alles wegbewegte, wegstrebte von den Häusern. Dieser beinah komische Anblick, wenn so ein Sofa die Straße hinuntertrieb, die Wasserstraße. Die Leute versuchten, ihre überfluteten Keller mit Putzeimern wieder trocken zu legen, tapfer, weinend, manche fassungslos, dass ihnen der Fluss etwas Derartiges angetan hatte, da hatten sie jahrzehntelang Seit an Seit gelebt und dann das. Und niemanden konnte man dafür verantwortlich machen, niemand anderen als den Fluss, der ihnen vor der Nase wegfloss, wenn sie gerade zu fluchen beginnen wollten. Ein paar Wochen später schien alles vergessen, vielleicht waren die Keller tatsächlich wieder getrocknet, vielleicht waren die Leute besser versichert gewesen als gedacht, oder sie lernten, ohne die Sachen zu leben, die sich die Donau geholt hatte. Irgendwo auf dem Grund mussten nun ganze Wohnzimmereinrichtungen liegen, arrangiert von der boshaftesten Innenarchitektin, die man sich nur vorstellen konnte. Und auch das war nicht die größte Tragödie. Ohne Wohnzimmereinrichtung konnte man schon irgendwie leben.

Es hatte hier nicht immer Brücken gegeben, nicht immer Schiffe, auf die man einfach aufspringen konnte, wenn man ein wenig Geld hinblätterte. Die Brücken trugen große Namen: die Brücke des Slowakischen Nationalaufstands etwa, für die ein bisschen Altstadt da und dort umgenietet wurde, auch eine alte Synagoge hatte man abgerissen, man wollte ja über den Fluss. Wenn irgendwo ein anderes Ufer ist, muss man dort auch hin. So will es das Gesetz. Die Schiffe trugen große Fracht und kleine Namen. Auf dem Wasser wogte bescheiden eine Petra, dahinter schlug das Tau einer Lada gegen den Anleger.

In den Sommern nach jener mittelgroßen Flut war Judith fast jeden Tag zum Schwimmen auf die Wiener Donauinsel gefahren. Sie lernte die Flussfarben kennen, die Blau- und Grüntöne, die nie an zwei aufeinander folgenden Tagen gleich aussahen, die Brauntöne, die Grautöne. Der Fluss hatte zahllose Farben. Wahrscheinlich gab es keine Farbe, die er nicht hatte. Sie lernte die Pflanzen kennen, die ihr um die Beine strichen, wenn sie ins Wasser stieg. Und die Stege und Steine. Mehr Fische, als ihr lieb waren, und deutlich mehr Schwimmer, Paddler und Picknicker. In dem Jahr, als Lin dazukam, lieh sie sich deren Kamera, um das Wasser zu fotografieren. Hinterher ärgerte sie sich, dass die Bilder nicht zeigten, was sie sah, sondern nur leb- und formlose Flächen, nichts, was bis auf den Grund ging. Nie hatte sie sich einem Fluss so nah gefühlt wie der Donau, nie war ihr einer so nah gekommen. Mit der Zeit war sie immer seltener hingefahren. In diesem Jahr war sie nicht dort gewesen. Sie würde vermutlich nicht einmal mehr ihre Lieblingsstellen wiedererkennen. Ufer veränderten sich. In dieser Hinsicht waren Flüsse nichts Besonderes.

Cremona

Judith stand noch immer auf der Brücke, als sich bereits die nächste Schlange von Menschen vor dem Anleger aufreihte. An den Nachmittagen fuhr stündlich ein Schiff nach Wien, und an Passagieren herrschte kein Mangel. Der Matrose wich seinem gelben Tau nicht von der Seite, auch jetzt nicht, da noch kein neues Schiff angelegt hatte, auf das man unrechtmäßig hätte aufspringen können. Vielleicht sah er darin seine eigentliche Aufgabe: darauf zu achten, dass niemand vor lauter Vorfreude auf Wien geradewegs in die Donau schritt und erst im Fallen merkte, dass kein Schiff da war. Um in diesem Fall dank des Überangebots an Preßburger Kipferln oder Esterházyschnitten direkt auf den Grund zu sinken oder, mit mehr Glück, in die verkehrte Richtung zu treiben. Man wollte ja keine Touristen ans Schwarze Meer verlieren.

Unter dem schmalen Schirm seines Hutes beäugte der Matrose seine nächsten Fahrgäste. Nicht bohrend, nicht forsch, kein bisschen neugierig. Die Uniform saß schlecht, er hatte zu schmale Schultern, um sie angemessen zu füllen, und er trug sie ohne Stolz. Seine Haltung war die eines Eingeknickten, etwas windschief, etwas in sich selbst hineingesunken. Es gab Menschen, die konnte man sich partout nicht außerhalb ihrer Arbeit vorstellen. Der Matrose war so einer. Judith wünschte ihm, dass er glücklicher war, als er wirkte, dass er vielleicht manchmal sogar fröhlich war.

Hinter ihrem Rücken defilierten Leute über die Brücke, Arm in Arm oder Hand in Hand, die wenigsten allein, selbst die Jogger waren hier paarweise unterwegs in den Stadtteil Petržalka, was Audorf heißt, am anderen Ufer, oder sie kamen von dort wieder in die Altstadt hinüber. Judith richtete den Blick nach unten, zum Fluss und seinen Ufern hin, das eine grün und baumgesäumt, das andere hausgesäumt und straßengrau. Wenn der Fluss nicht wäre, würden die beiden Hälften Bratislavas sich trotzdem nicht treffen, dachte sie, was vermutlich nicht stimmte, denn jeder andere Ort war genauso voller Bruchstellen und Risse und fiel trotzdem nicht auseinander. Jede Straße ein kleiner Schlund. Sie dachte an den Bademantelmann. Wahrscheinlich würde er es gleich bemerken, wenn sie nicht mehr heimkäme.

Die Brücke wurde von den Lastwagen und Bussen, die sie passierten, in Schwingung versetzt. Die Wagen fuhren oberhalb der Fußgängerwege; man hörte von ihnen kaum mehr als ein gleichförmiges Brummen, spürte sie allerdings, zumindest, wenn man sich darauf konzentrierte. Wenn sie die Fingerspitzen nur leicht auf die Brüstung legte, fuhr Judith die Vibration durch den ganzen Körper, als wäre auch sie selbst ein Teil der Brücke. Wenn sie fest zupackte, spürte sie wiederum nichts. Sie dachte an die Diebin, die nun an ihrer Stelle nach Wien unterwegs war. Die Katzenaugen, die hatte sie im Gedächtnis behalten. Sie würde sie schon wiedererkennen, wenn sie ihr noch einmal begegnete. Mehr als alles andere wollte sie sie sehen. Bis dahin blieb ihr nur ein verwischtes, ausgeblichenes Bild. Wie sie da stand und wie sie ihr winkte, frei von jeder Schuld, leichten Gewissens und voller Zuversicht, als sähe sie nichts außer Zukunft.

Nach einer Weile ließ das Schwingen nach, das Menschendrängen auf der Brücke ebenso, und Judith dachte noch: komisch. Da sah sie den Matrosen die Leute von seinem Tau verscheuchen, die Menschenschlange stieb auseinander, zerfiel wieder in Kleinfamilien und Pärchen und einzelne Ratlose. Der Matrose redete in ein Funkgerät. Er wirkte aufgebracht, dann aufgelöst. Erst hielt ein Polizeiwagen bei der Anlegestelle, kurz darauf noch eines; vier Polizisten mit gut geschnittenen Uniformen verhörten den Matrosen. Vor Schreck hatten sie vergessen, imposant oder bedrohlich auszusehen. Er wurde mit jedem Satz kleiner. Menschen blieben stehen, um zu hören, was gesprochen wurde, einige mischten sich ein. Die Polizisten wandelten sich von Befragern zu Befragten und verwandelten sich sofort wieder zurück, tauschten Schulterzucken und Stirnrunzeln mit den Leuten auf der Promenade. Nicht alle machten einen besorgten Eindruck. Manche machten Fotos von der Szene, es lachten auch einige, fast verboten klang das. Nach einer Weile fuhren die Polizisten wieder davon, und der Matrose stand wieder neben seinem Tau, von allen Schiffen verlassen und ohne Passagiere, die er begrüßen, maßregeln oder ignorieren konnte. Judith schulterte ihren Rucksack und machte sich auf den Weg zu ihm.

»Was ist denn passiert?«, fragte sie.

»Das Schiff ist weg«, sprudelte der Matrose, als hätte er lang darauf gewartet, dass Judith ihn fragt. Er sprach sehr deutlich, ansonsten hatte seine Stimme keine besonderen Eigenschaften: keinen Akzent, nicht einmal eine besondere Färbung. »Es ist hier losgefahren und nicht in Wien gelandet und jetzt wird das Schiff gesucht. Es weiß keiner, wo es ist, das Schiff.«

Judith fiel keine gute Erwiderung ein, sie ließ ihn reden. Es sei nicht untergegangen, sagte der Matrose, so funktioniere das nämlich nicht mit dem Untergehen, dass so ein Schiff plötzlich im Wasser versinkt und nie mehr gesehen wird, das gehe langsamer. Das kriege man mit. Und zudem müssten die Menschen noch da sein, weil es Rettungswesten an Bord gäbe und geschultes Personal, da gehe niemand unter, nicht einmal die Nichtschwimmer, die würden sogar zuerst gerettet, also nach den Kindern, doch Kinder seien ja streng genommen auch Nichtschwimmer, davon müsse man zumindest immer ausgehen. Aber die Menschen seien eben auch nicht mehr da. Weder die Menschen. Noch das Schiff. Und das, sagte er, das sei unmöglich, das gebe es nicht, das dürfe schon allein deshalb nicht passieren, weil es nicht passieren kann. Die letzten Worte sagte er nicht mehr zu Judith, sondern zu den Pflastersteinen vor seinen Füßen. Hinter ihm strudelte die Donau weiter ihres Weges, seht, ich bin unschuldig, gluckste sie.

»Weißt du, ich sollte eigentlich auch auf dem Schiff sein«, sagte Judith. »Dann wäre ich jetzt wahrscheinlich auch weg, oder?«

Der Matrose schaute sie mit leeren Augen an, so als hätte er sie überhaupt nicht gehört, als verstünde er plötzlich ihre Sprache nicht mehr. Wenn das Schiff weg war und alle Passagiere unauffindbar, dann war auch ihre Taschendiebin fort. Das war schlimmer als die Vorstellung, dass sie selbst beinahe an Bord gewesen wäre, wenn nicht dieser Zufall dazwischengekommen wäre, dass sie ausgerechnet im Pharmaziemuseum bestohlen wurde, immerhin war ihr mit der Fahrkarte zunächst die Möglichkeit genommen worden, dass alles nach Plan lief mit ihrer Rückkehr von einem Ausflug, von dem sie außer ein paar neuen Worten nichts mit nach Hause bringen würde. Und nun war da etwas Größeres, das ihr genommen wurde – die Möglichkeit, auf eine Weise zu verschwinden, die sie sich in den kühnsten Momenten nicht hätte ausmalen können. Während sie dies dachte, dämmerte es Judith, dass ihr diese Möglichkeit nicht geraubt worden war. Lin saß wahrscheinlich in ihrem Zimmer in Wien und wartete auf sie. Oder sie hatte schon gehört, dass etwas vorgefallen war, man hörte sowas immer recht schnell. Folglich war sie womöglich schon auf dem Weg zum Anleger am Schwedenplatz, um etwas in Erfahrung zu bringen, und um sie, Judith, ihre Partnerin – Freundin, so würde Lin sie bezeichnen – als vermisst zu melden. Vielleicht hingen bald Plakate am Steg mit ihrem Foto neben lauter anderen vermissten Gesichtern. Es sei denn, das Schiff tauchte einfach wieder auf. Warum sollte es nicht einfach wieder auftauchen. Wer so plötzlich verschwinden konnte, konnte sicher genauso plötzlich zurückkehren.

Judith wollte hoffen, dass alles nur ein Missverständnis war, ein unglückliches Zusammentreffen von Funklöchern und toten Winkeln, eine winzige Laufmasche im Weltzusammenhang mit seinen quantenphysikalischen Theorien und seinen Theoremen. Eine Laufmasche im System, die man leicht wieder stopfen konnte, mit der immerzu verlässlichen Hilfe von Expertenmeinungen und plausiblen wissenschaftlichen Erklärungen und den Artikeln in der Presse, die sie auf ein bekömmliches Maß an Kompliziertheit herunterbügelten.

Judith wollte hoffen, dass das Schiff wiederkam und alle aufatmen konnten. Und sie wollte sich wünschen, dass der Taschendiebin nichts Schlimmes widerfahren wäre, genauso wenig wie all den anderen Menschen. Doch sie fühlte kein Mitleid und keine Besorgnis. Ihre Fingernägel fuhren an ihrem Unterarm entlang, hinterließen zart rote Streifen, die bestmögliche Rückversicherung, dass sie noch immer vorhanden war, so sehr sie sich auch fortwünschte. Judiths Vorstellung vom Wegsein hatte nichts mit Tod und Sterben zu tun, es war bloß ein Wegsein aus dem, was war. Es war die Voraussetzung für ein anderes Dasein, oder vielmehr ein Dortsein, ein Woanderssein. Möglicherweise war dies die günstigste Gelegenheit, die man bekommen konnte, und das, was ihr geschehen war, war kein Diebstahl gewesen, sondern ein Tauschhandel. Judith hatte jedenfalls mit einem Mal den Eindruck, sie hätte ein hervorragendes Geschäft gemacht.

Ehe der Matrose ihr genauer ins Gesicht schauen konnte, kehrte sie ihm den Rücken. Diesmal überquerte sie die Brücke ganz, alle paar Meter drehte sie sich um. Der Matrose wirkte immer verlorener auf der Promenade, bald war er nicht mehr zu sehen, nur das gelbe Tau ließ sich aus der Ferne noch immer deutlich erkennen. Sie hoffte für die anderen Passagiere. Und für das Bordpersonal, das wurde eh zu oft vergessen. Die Leute, die kurz vorm Anlegen Stadtpläne verteilten, bei denen Werbeanzeigen für traurige Lokale drei Viertel der

Fläche einnahmen und nur Platz für das Allerwichtigste ließen, dort den Stephansdom und die Oper, hier den Martinsdom und das Michaelertor.

Hinter ihr wurde die Brücke für Fußgänger gesperrt. Geschäftige Männer stellten auf den Autospuren Barrieren auf. Autos wurden abgewiesen, erst nach einer Weile wurde eine Fahrbahn wieder geöffnet. Manche Autos wurden beiseite gewunken, die Kofferräume geöffnet, und nach kurzer Zeit durften sich die Fahrer wieder einfädeln in die Reihe derer, die fort wollten und durften. Es war nun sehr ruhig überall. Judith hatte sich in der Vergangenheit immer wieder Gedanken über Katastrophen gemacht, Katastrophen wie 9/11 oder 3/11 oder das Erdbeben vor ein paar Jahren im Kathmandutal, solche Ereignisse, bei denen einer schon bei den Bildern im Fernsehen das Grauen in alle Glieder fährt. Wieder und wieder spulte sie sie ab, besonders nachts, oder wenn es ihr nicht gut ging, wenn sie das Gefühl hatte, dass jeden Augenblick etwas Schlimmes passieren könnte, passieren müsste, dabei war alles in bester Ordnung, von außen betrachtet. Und nun, da tatsächlich nichts mehr in Ordnung war, fühlte es sich ganz anders an, als Judith es sich ausgemalt hatte. Mitten im Unerklärlichen wurden die Menschen besonnen. Sie zogen sich gelbe Westen an und winkten den Verkehr in schnurgerade Spuren.

Judith hatte so selten vollkommene Ruhe erlebt, dass ihr die Abwesenheit von Geräuschen unnatürlich und beinah unheimlich erschien. Sie erinnerte sich an einen Artikel, den sie vor ewigen Zeiten einmal in Lins Zeitung gelesen hatte. Er handelte von der italienischen Stadt Cremona, der Heimat berühmter Geigenbaumeister, allen voran Antonio Stradivari, Vorzeigesohn der Lombardei. Eine Gruppe ehrgeiziger Archivare hatte den Auftrag bekommen, den Klang seiner Violinen, Violen und Celli festzuhalten. Holz war lebendig, es veränderte sich permanent, reagierte auf seine Umgebung, ließ sich formen und formte sich selbst, jedes Holz, überall. Die ältesten Instrumente in der Sammlung waren vor fünfhundert Jahren gebaut worden und durch zahlreiche Hände gegangen. Ständig lauerte die Gefahr, dass sie ihren unverwechselbaren Klang verlören und zu gewöhnlichen Saiteninstrumenten würden. Der Klang ließe sich, einmal fort, nie mehr rekonstruieren, da waren sich die Experten einig. Jeden Ton mussten die Archivare digital aufnehmen, ohne auch nur die leisesten Störgeräusche, um sie für die Ewigkeit zu erhalten oder zumindest für ihre Enkel und deren Kinder. Damit die Bedingungen für die Aufnahmen so gut wie möglich und noch ein wenig besser waren, musste die ganze Stadt Ruhe bewahren, solange die Archivare sich in Cremona aufhielten. Nach einem Monat sollten die Arbeiten abgeschlossen sein. Bis dahin verordnete der Bürgermeister, Stradivaris kostbarem Erbe zu großem Dank verpflichtet, dass die Straßen gesperrt wurden, denn Autos waren laut, und mit einer Vespa oder einer Ape ließe sich solch eine Fleißarbeit ganz glanzlos ruinieren. Selbst die Lokale wurden angehalten, nicht zu laut mit dem Geschirr zu hantieren. Zu guter Letzt wurden im Auditorium, in dem die Klänge eingespielt werden sollten, beinah alle Glühbirnen aus ihren Fassungen geschraubt, auf dass auch das Summen der Elektrizität verstummte. Im Halbdunkel sollen die Töne aufgezeichnet worden sein. Judith fragte sich, ob dies Auswirkungen auf die Stimmung desjenigen hatte, der der verantwortungsvollen Aufgabe nachkam, für einen Strauß Mikrofone Note um Note in größtmöglicher Präzision zu spielen. Und damit auch Auswirkungen auf das Holz. Holz nahm schließlich alles in sich auf. Judith stellte sich eine ganze Bibliothek voll halbtrauriger Töne vor, die schwermütigen Bratschen und betrübten Celli entlockt wurden. Aber sie verstand nichts von Musik, nur von Holz, von Holz verstand sie jede Menge. Sie wusste, dass jedes Holzstück im Raum mitspielte, wenn ein Instrument erklang.

Buchenholz nahm den Schall besser auf als andere Hölzer. Die Vorstellung, wie ganz Cremona den Atem anhielt und lauschte, hatte Judith gerührt und auf eine unerklärliche Weise glücklich gemacht. Wenn sie statt eines Ausflugs nach Bratislava in die Lombardei oder ganz woanders hin gefahren wäre, hätte sie wieder zurückkehren müssen: derselbe Mensch, ausgestattet mit ein paar zusätzlichen Eindrücken und bereits wieder im Verblassen begriffenen Erinnerungen. Nun jedoch sprach Vieles dafür, dass man sie für verschollen hielt. Verschollen war auch so ein Wort, so ein sonderbares. Möglicherweise existierte es nur in seiner abgeschlossenen Form, nicht in der Gegenwart. Oder konnte man verschellen, so wie man zerschellte, an einer Felswand oder auf einer Straße, gegen die man fuhr, auf die man fiel? Judith hatte ihre Zweifel.

My oh my

Sie wusste nicht, ob sie dem Fluss folgte oder einer Eingebung, oder ob sie letztlich nicht einfach nur in die erstbeste Richtung lief. Den Stadtkern hatte sie im Rücken, sie spürte ihn kleiner werden und spürte sich selbst kleiner werden. Der Gleichmut, der sich in Judith ausbreitete, war überwältigend. Genau zu wissen, dass man nirgendshin wollte, war ein ordentlicher Ansporn. So leicht waren die Schritte, als hätte sie ihr Leben mit nichts anderem verbracht als mit dem Vorankommen.

Ihr Körper hatte sich schon seit Jahren nicht groß verändert. Ihr Gewicht war stabil, sie alterte nicht merklich und probierte keine neuen Frisuren aus. Die paar grauen Haare ließen sich ignorieren oder in schwachen Momenten auszupfen. Ihr passten noch die gleichen Hosen, die sie zwischen Schule, Studium und Lehre gekauft hatte, und ihre neueren Kleider unterschieden sich kaum von den alten. Wenn sie Bilder von sich sah, konnte sie höchstens anhand der Umgebung im Hintergrund abschätzen, wann sie aufgenommen worden waren. Oder anhand der Menschen, die mit ihr auf dem Foto waren, zumal die wenigsten länger als ein, zwei Jahre an ihrer Seite blieben. Sie verabschiedete sich eben gerne, und sei es nur, damit die andere Person gar nicht erst die Gelegenheit bekam, noch vor ihr Tschüss zu sagen. Wer kommt, geht auch wieder, und dann kommt der Nächste und der geht dann auch: das eherne Gesetz aller Beziehungen. Wer darüber nicht verrückt werden wollte, musste die Sache selbst in die Hand nehmen. Wenn es doch einmal jemandem gelungen war, ihr mit dem Abschiednehmen zuvorzukommen, hatte sie jede Erinnerung an die Person aus ihrem Gedächtnis gestrichen, nie wieder von ihr gesprochen und sämtliche Beweise ihrer Existenz vernichtet. Es war auch ein paarmal vorgekommen, dass sie sich nicht verabschiedet hatte und einfach so gegangen war. Darüber dachte sie nicht zu oft nach.

Sie war schon so lange die Gleiche geblieben, dass sie nicht mehr in den Spiegel zu schauen brauchte, um sich ihrer selbst zu vergewissern. Und nun fühlte ihr Körper sich plötzlich so viel stärker und robuster an als zuvor, so als wäre er allein in der Lage, allen Wirrungen und Unwägbarkeiten auf ihrem Weg Widerstand zu leisten. Sie nahm ein beachtliches Tempo auf, nicht nur für ihre Verhältnisse. Den Blick hatte sie eisern nach vorn gerichtet. Aus der entgegengesetzten Richtung kamen anfangs noch Leute auf sie zu und liefen an ihr vorbei, wie man an einer Straßenlaterne vorbeiläuft. Dann wurden die Leute zusehends weniger und bald darauf begegneten ihr keine mehr.

Sie dachte an einen langen Weg und fühlte unter den Schuhsohlen, wie er sich ausbreitete. Sie brauchte ihm bloß zu folgen. Einen sonderlich ausgeprägten Orientierungssinn brauchte man nicht, wenn man neben einem Fluss herlief. Erst nach einer Weile fiel ihr auf, dass sie sich auf dem Weg nach Wien befinden musste. Es fühlte sich allerdings nicht wie ein Rück- und erst recht nicht wie ein Heimweg an, und genau deshalb erschien ihr diese Richtung als die einzig passende. Wie es in der entgegengesetzten Richtung aussehen würde, wusste sie nicht. Ihre Vorstellung endete an Bratislavas Stadtgrenze, genauer an der Stelle, wo ostwärts die Altstadt aufhörte und die Wohnviertel begannen. Eine deutliche Schwelle, die sie bei ihrem Besuch nicht einmal gestreift und nur hin und wieder zwischen den Häusern auftauchen gesehen hatte.

Jeder weitere Schritt war fortan eine Entscheidung dafür, sich Wien zu nähern, und wenn sie an Wien dachte, dachte sie zuerst an die Taschendiebin. Sie sah sich schon auf der Brücke am Schwedenplatz stehen, mit Blick auf die Anlegestelle der Fähren, und nach ihr Ausschau halten. Vielleicht würde ihr das schon genügen, ein Ort, an dem sie nach ihr Ausschau halten könnte. Wenn plötzlich alles möglich war, warum nicht auch ein Wiedersehen mit ihr oder sogar ein Wiedersehen mit ihrem Geldbeutel. Die Taschendiebin hatte zwar gewunken, doch Judiths Abschiedsworte nicht erwidert, vielleicht hatte sie sie nicht gehört. Streng genommen hatten sie sich also nicht voneinander verabschiedet, denn Abschied nehmen kann man nicht allein, und wer sich nicht verabschiedet, der bleibt, ob er will oder nicht.

Sie versuchte, den »Song to Say Goodbye« von Placebo zu summen, aber falls das Lied eine Melodie hatte, fiel sie ihr nicht ein. Auch der Text war nur noch in einzelnen Worten vorhanden, an die Anfangszeile »You are one of God's mistakes« erinnerte sie sich, gefolgt von einem heiteren »you crying tragic waste of skin«, und später war da noch irgendetwas mit »My oh my«, dann wurde das Lied übergeblendet in ein anderes, das sie sich auch nicht besser gemerkt hatte. Aus einem Gestrüpp in Ufernähe quakte ein Frosch gegen ihre hilflosen Versuche an, sich an egal welches Lied von egal welcher Band zu erinnern. Auch sonst war es nicht richtig still, nach und nach wurden die Geräusche der Stadt von einem anderen Rauschen abgelöst, das genauso gut aus dem Wasser, wie von einer nahgelegenen Schnellstraße oder aus Judiths eigenen Ohren kommen konnte. »I live in a city sorrow built«, sagte sie. Ihre Stimme klang fester als sonst und angenehm fremd. Auch ihr Englisch war tatsächlich nicht so übel, wie sie befürchtet hatte. Der Frosch verstummte. »It's in my honey, it's in my milk«, fiel ihr auch noch ein. Judith nahm sich fest vor, all den Leuten, denen sie nicht anständig die Freund- oder Liebschaft gekündigt hatte, Bescheid zu geben, dass sie wirklich und endgültig weg war und dass sie sich verbat, dass irgendwer noch an sie dachte. Irgendwann würde sie sie alle benachrichtigen, ihnen Postkarten schicken oder Textnachrichten, etwas Knappes ohne Angabe von Gründen.

In Gedanken legte sie eine Liste von Namen an. Je länger diese wurde, desto unvollständiger kam sie ihr vor.

In der Ferne ragten Windräder in den reglosen Himmel. Die Wolken bewegten sich kein Stück. Der Fluss verschwand hinter einem dichten Gesträuch, bald konnte man ihn nicht mehr sehen, nur noch ungefähr erahnen, in welcher Richtung er lag. Da, wo das Schilf so dicht war. Judith dachte kurz daran, den asphaltierten Weg zu verlassen und sich weiterhin nahe am Ufer zu halten. Aber man sah schon von Weitem, dass das keine gute Idee war, wenn man gleichzeitig vorankommen wollte. Vermutlich gingen hinter dem Dickicht Wasser und Land so nahtlos ineinander über, dass alles voller sumpfiger Lacken war, und wenn sie etwas nicht gebrauchen konnte, dann nasse Füße und unwägbares Gelände.

Judith atmete ein mittelgroßes Insekt ein. Sie versuchte, es möglichst geräuschlos wieder auszuspucken, es war in ihrer Mund- und Nasenhöhle jedoch bereits unauffindbar. Judith schüttelte sich, wie Hunde sich schütteln, nachdem sie etwas Unangenehmes erlebt haben, und nahm, ohne stehenzubleiben, die Trinkflasche aus der Seitentasche ihres Rucksacks. Der Ekel ließ sich nicht runterspülen. Eine Cola wäre jetzt gut gewesen, am besten aus dem Kühlschrank, in einer Glasflasche mit Kronkorken. Sie gehörte zu den Leuten, denen die Natur grundsätzlich suspekt war, zumindest wenn sie sich noch rührte. Da machte man einmal kurz den Mund auf.

An der Biegung kurz vor dem Horizont zeichnete sich ein Radfahrer ab. Er fuhr so langsam, dass er zunächst kaum näher zu kommen schien. Judith überlegte, ob sie sich in die nächste Böschung schlagen sollte. Sie musste sich noch an den Gedanken gewöhnen, nicht erkannt werden zu wollen, nicht einmal gesehen. Dann war er schon zu dicht herangekommen, als dass sie noch unauffällig Reißaus hätte nehmen können. Sein Fahrrad schlenkerte und quietschte. Der Gepäckträger war voll beladen, und vom Lenker baumelte eine Gaslaterne. Fünf Meter vor Judith kam er zum Stehen, und Judith hielt ebenfalls an, und auch die Zeit stand mit ihnen für einen Moment still.

»Dobrý deň«, holperte Judith und hoffte, es bedeutete das, was sie vermutete.

»Tag«, sagte der Mann. »Kommst du aus der Stadt?«

Er zeigte in die Richtung, aus der Judith kam, und zum ersten Mal seit geraumer Zeit drehte sie sich um. Bratislava war fort, da war nur noch Weg und Wiese. Nur ein paar Hochhäuser streckten sich in weiter Ferne in den diesigen Himmel.

»Hm«, machte Judith, was ihrer Ansicht nach sowohl ja als auch nein bedeuten konnte, aber der Radfahrer war nicht leicht zu täuschen. Er wiegte den Kopf. Die Laterne pendelte.

»Hast du was gesehen?«

»Nein.«

»Ich glaub, es ist was passiert. Alle glauben, es ist was passiert. Aber keiner weiß was.«

»Das ist wirklich vage.«

»Nur, dass es etwas mit einem Schiff zu tun haben soll.«

»Ach?«

»Das war's.«

»Ich weiß jedenfalls auch nichts.«

Er legte den Kopf schief und studierte ihr Gesicht. »Nichts?«

»Nichts, und gesehen habe ich auch bloß jede Menge Polizei.«

»Kommt hier auch bald.«

Judith sah sich um. Es wirkte alles sehr friedlich. Wie in einem Zombiefilm, wenn zwischen zwei verheerenden Angriffen eine fast unwirkliche Ruhe einkehrt, Ruhe und Normalität und eine vollkommen gelöste Stimmung.

Vielleicht war es die Ruhe, die sie am allermeisten fürchten sollte. Woran merkte man überhaupt, dass man in einem Horrorfilm war? Auf welche Zeichen war zu achten? Ein aus dem Nichts auftauchender Mann mit klapprigem Fahrrad konnte unmöglich als Vorbote eines nahenden Weltendes durchgehen. Dieser hier wirkte harmlos, wenn er nach einer warmen Umarmung gefragt hätte, Judith hätte sie ihm sofort gewährt.

»Untergegangen ist das Schiff jedenfalls nicht, so funktioniert das nicht mit dem Untergehen«, sagte Judith.

»Welches Schiff?«, fragte der Mann. Er wollte forsch sein, es gelang ihm nicht.

»Egal welches. Jedes. Such dir eines aus.«

Der Mann sah ihr ein letztes Mal ins Gesicht, wobei sein Blick ein kleines Stück an ihren Augen vorbeizielte. Dann kletterte er wieder auf sein Rad und taumelte los, knapp an Judith vorbei. Der Hinterreifen eierte. Die Laterne klackerte gegen den Lenker.

»He, ist hier eigentlich schon Österreich?«, rief sie ihm hinterher.

Er winkte ab, das Rad trudelte kurz, dann packte er beherzt die Lenkergriffe. Er fand in seine Spur und nahm Fahrt auf. Judith sah ihm hinterher, bis er ganz verschwunden war. Das mit dem Nichterkannt-und-nicht-gesehen-werden könnte besser laufen.

Eine Reihe hagerer Bäume säumte den Weg. Sie wirkten noch jung, als Sichtschutz waren sie kaum zu gebrauchen. Trotzdem lief sie die nächsten Kilometer ein kleines Stück neben der Straße, hinter der Baumreihe, so fühlte sie sich weniger ausgeliefert. Die paar Passanten, denen sie noch begegnete, ignorierten sie. Die ersten gepanzerten Fahrzeuge ebenfalls, sie kamen als Konvoi. Wenn man noch nie einen Konvoi und auch sonst nichts gesehen hätte, könnte einen das durchaus aus dem Konzept bringen. Judith fror neben einem der Bäume ein und schaute ihm nach. Wenn sie ein bisschen besser Bescheid wüsste in diesen Dingen, hätte sie sicher gleich erkannt, was das für Fahrzeuge waren: Polizei, Militär, Paramilitär, Milizen, privater Sicherheitsdienst, Mafia, Parkranger oder Anrainer, die bloß durch Zufall alle den gleichen Panzerwagen fuhren, weil man das auf dem Land gut brauchen konnte. Irgendwann kamen keine normalen Fahrzeuge mehr, nur noch merkwürdige, und Judith wich immer mehr vom Weg ab, bis sie irgendwann doch bis zu den Knien im Gestrüpp stand und kaum mehr vorwärtskam. Kletten hängten sich an ihre Kleidung wie kleine gute Geister, die sie den Vorkommnissen nicht allein aussetzen wollten, die sagten, wir bleiben jetzt hier, egal was kommt, uns wirst du nicht los.

Terra inviolata

Bevor sie darüber nachdenken konnte, war sie vom Rad- und Fußgängerweg schon so weit abgedriftet, dass sie ihn völlig aus den Augen verloren hatte. Storchengleich zog sie die Knie mit jedem Schritt in Richtung Hüfte. Unter ihr schmatzte und gluckste es, als wäre da Wasser gleich unter dem Geäst, und so fühlte es sich auch an, der Boden wogte. So kam man nicht voran. Es war keine gute Idee gewesen, sich so weit von einem ordentlich planierten Pfad wegzubewegen. Sie war überzeugt, dass der Weg nun links von ihr sein musste, also lief sie nach links. Hindernisse überwand sie fast mühelos. Zweige und Äste zupften sie an der Kleidung, neckten sie, die Natur war gehässig, Judith hatte es geahnt.

Seit sie hineingelaufen war, hatte der Wald sich gedehnt, von den Säumen her war er gewachsen. Aus den paar Schritten bis zum Waldrand wurde eine Wanderung. Und ganz gerade konnte man ohnehin nicht laufen, es gab immer einen Tümpel, dem man ausweichen musste, Bäume lagen quer, Hügel stellten sich ihr in den Weg, sie drohte, in Gruben zu stolpern, die sich genau in dem Moment auftaten, wenn sie den Boden aus den Augen ließ. Halbhohe Bäume sahen ihr bei den Versuchen geradeauszugehen zu, die Wipfel in Neugier und Staunen nach unten geneigt, so als hätten sie nie einen Menschen gesehen und müssten folgerichtig annehmen, dass die ganze Spezies so verloren und ungelenk war wie Judith jetzt. Als es ihr zu bunt wurde, pausierte sie, indem sie stehenblieb, den Rucksack abzog und in die Hocke ging. So kauerte sie, aß einen Müsliriegel. Als sie wieder aufschaute, sah alles anders aus als zuvor, kein Baum stand mehr am selben Platz, dort, wo sie einen Hügel vermutet hatte, war nun eine Grube, und der Baumstumpf, mit dem sie fest gerechnet hatte, war fort. Sie hatte sich gedreht, vielleicht, aber um wie viel Grad war unmöglich zu schätzen. Sie stellte fest, sie hatte keine Panik, nicht einmal Sorge. Mit jedem Blinzeln wurde der Wald ein anderer, wenn man nicht hinsah, ordnete er sich neu. Judith lief trotzdem weiter, bis sie sah, wie sich die Bäume vor ihr lichteten. Sie bewegte sich schnurgerade auf die Lücke im Wald zu, kletterte über umgefallene Bäume, wo nötig sprang sie über eine Lacke. Sie zwang sich, nicht zu blinzeln. Als sie aus dem Gebüsch trat, taten ihr die Augen weh, und sie schloss sie für eine kurze Zeit, die linke Hand fest um den Stamm eines jungen Baumes geschlossen. Als sie die Augen wieder öffnete, war alles an Ort und Stelle, und vor ihr tat sich der Fluss auf. Er war grau wie etwas Altes, ein Urzeitgrau, und vollkommen undurchsichtig. Glatt und stramm wie Dinosaurierhaut lag die Wasseroberfläche da. Man konnte auch bei langem Starren nicht erkennen, wohin der Fluss floss, und ob er sich überhaupt bewegte. Die Donau gab keine Geheimnisse preis. Judith ging dicht ans Wasser, der Grund wurde rutschiger und unzuverlässiger. Probehalber warf Judith einen Zweig in den Fluss. Er wirbelte einmal im Kreis, dann trieb er zügig davon, ohne sich noch einmal nach ihr umzudrehen.

Judith lief so nah am Ufer weiter, wie es ging. Fluss und Land gingen ohne feste Grenze ineinander über, so dass sie aufpassen musste, nicht ins Wasser zu steigen. Der Horizont wurde von den Bäumen so dicht verstellt, als wäre er nie dagewesen. Wie zwei Mauern stand das Grün an beiden Ufern, und kein Schiffsmotor störte die Ruhe, die sich zwischen ihnen ausgebreitet hatte. Judith hörte sich atmen. Es lief sich leichter hier als im Unterholz. Dann sah sie auf der anderen Seite des Flusses einen Menschen, und die Zeit stockte. Judith rührte sich nicht, es fiel ihr nicht einmal ein, sich zu verstecken. Der Mensch sah aus wie ein Mann, er stocherte in Ufernähe im Wasser herum. Er war allein. Er trug keine Uniform, er war gewiss kein Parkranger, kein

Paramilitär. Wie ein Fischer sah er auch nicht aus. Er zog etwas an Land, kein Netz, keine Angelschnur, sondern etwas Schweres, Schwarzes. Eine Kiste oder Truhe. Was sollte einem da merkwürdig vorkommen? Schnell ging Judith in die Knie und duckte sich in den Bewuchs hinein, einen halben Augenblick, ehe er aufschaute, mit seinen Augen die Uferböschung absuchte und sie wahrscheinlich nicht bemerkte. Dann verschwand er mitsamt seiner Last in den Wald hinein. Judith wartete. Er blieb weg. Sie wartete länger, er kam nicht zurück. Trotzdem war die Auenlandschaft nicht mehr dieselbe, sie hatte vorher so unschuldig ausgeschaut, man hätte glatt vergessen können, wen die Donau schon alles geschluckt und fortgespült hat in ihrem langen Leben. Nun lief Judith doch wieder schneller, gebeugt und im Schutz der Büsche und Bäume. Biber hatten überall Spuren ihrer heiteren Zerstörungswut hinterlassen. Eine stattliche Libelle drohte ihr ins Gesicht zu fliegen, beim Abwehrversuch wäre sie beinahe ausgeglitten, und während sie noch strauchelte und ruderte, ging das Brummen des Insekts über in ein anderes, tieferes und gleichmäßigeres Brummen, das rasant lauter wurde. Judith vergaß die Libelle und ließ sich, so tief es ging, ins Gras sinken, in eine Kauerposition, die ein schnelles Aufstehen ermöglichte, sollte es notwendig werden. Wobei wegrennen hier sowieso utopisch war, man konnte im Notfall höchstens wegstapfen oder wegstaksen, eine ziemlich jämmerliche Verfolgungsjagd, die vermutlich rasch vorbei wäre. Ein Motorboot rauschte an ihr vorbei. Ein zweites, drittes, viertes. Sie verabschiedeten sich hinter einer Kurve im Fluss und hinterließen feine friedliche Wellen, die gegen die Steine am Ufer schwappten. Die Libelle hatte eine Artgenossin gefunden. Sie kreisten in erbarmungslosen Annäherungsversuchen umeinander, um Judith scherten sie sich nicht.

Von der Fähre aus hatte das Ufer eintönig ausgesehen, wenn man mitten in der Landschaft stand, war das eine andere Geschichte. Alle möglichen Tiere hatten hier ihre Spuren hinterlassen, nur Menschen nicht. Wo es einen Flecken Erde gab, gab es auch Fuß- und Pfotenabdrücke. Judith entweihte den Boden mit jedem neuen Schritt. Zweige bogen sich ehrfürchtig unter ihrem Gewicht, es knackte und knirschte, wohin sie auch ging. Pelzige Tiere sprangen kopfüber in den Fluss, wenn sie sich näherte, und wurden nicht mehr gesehen. Kleine und große Vögel stoben auf und sahen zu, dass sie Unterschlupf in Baumkronen fanden oder gleich am anderen Ufer. Käfer zogen sich den schwarzglänzenden Panzer noch dichter um den Leib und kreuchten unter das nächstgelegene Blätterdach. Und auch ein paar zarte Bäume wichen ihr aus, bogen sich ihr aus dem Weg, wenn sie vorbeikam. Dem Wald war sie ausgeliefert gewesen, der Auenlandschaft direkt am Flussufer ging es umgekehrt. Sie tat sich offen und verwundbar vor Judith auf. Die Wasseroberfläche kräuselte sich. Die Natur, dachte sie, hat Angst vor mir, sie zittert.

Nach ein paar hundert Metern wurde eine Brücke sichtbar. Sie war noch weit entfernt, zuerst nur eine graugrüne Linie, die den Horizont kurz über dem Wasser in zwei Teile schnitt und links und rechts in den Bäumen verschwand, dann wurden Stahlträger sichtbar, und schon waren die Auen nicht mehr nur Auen, sondern urbares Gelände mit einer Zivilisationsschneise mitten hindurch. Seltsam berührt hatten Judith immer die Bilder noch nicht fertiggestellter oder nur halb abgerissener Brücken, oder solcher, die schon fast fertiggebaut waren, dann ging das Geld aus, und so blieb die Brücke ohne Zufahrt, eine Geisterbrücke oder besser ein Brückengeist. Das waren sympathische Brücken. So wie beschädigte Statuen sympathische Statuen waren und fehlerhafte Roboter sympathische. Diese Brücke hingegen war komplett. Sie hatte einen Zweck und erfüllte ihn. Das wussten auch die Uniformierten, die sich zu ihrem

Fuß am gegenüberliegenden Ufer versammelt hatten. Ein Jeep war so nah am Wasser geparkt, als hätte man sich erst im letzten Moment entschieden, nicht hineinzufahren. Er stand reglos, abwartend, die Scheinwerferaugen geradewegs aufs Wasser gerichtet. Judith ging so gebückt, dass man von Weitem allenfalls einen Rucksack erkennen konnte, der sich durchs Gras schob. In dieser Haltung hatte sie keine Chance, sich umzusehen, außerdem ging es in die Gelenke, so zu laufen. Also ließ sie sich sinken, einfach so, die Knie berührten den Boden zuerst. Die Gräser gingen ihr eine Handbreit über den Scheitel. Das wäre ein sicheres Versteck gewesen, bis vor ein paar Jahren. Nun hörte sie eine Drohne loszischen, sie legte einen besseren Senkrechtstart hin als jeder Helikopter, mit soldatischer Anmut stieg sie auf, noch höher, bald hatte sie ihre Flughöhe erreicht und stand still in der Luft. Ein Vogel schrie empört. Ein anderer machte sich schleunigst davon. Im Vergleich zu der Drohne schnitt er schlecht ab: unelegant, unentschlossen, schwerfällig. Die Drohne bewegte sich auf Judith zu und sie dachte, na wunderbar, das war's, nun werde ich verhaftet, nun wird man denken, ich sei Schuld an allem, nun habe ich mich verdächtig gemacht und beweis mal deine Unschuld, wenn du hier zur falschen Zeit am falschen Ufer robbst, beweis überhaupt mal deine Unschuld, wenn du robbst. In Gedanken ging sie den Inhalt ihres Rucksacks durch und sortierte die Gegenstände auf einer Skala von harmlos bis terrorverdächtig. Wirklich Gefährliches hatte sie nicht dabei, es wäre dennoch keine Überraschung, wenn man mit den Trinkwassertabletten irgendeine explosive Mischung herstellen könnte. Und zudem war die Zusammenstellung ihres Gepäcks so eigenartig, dass es schon eines sehr findigen und im Erfinden guter Geschichten bewanderten Anwalts bedürfte, das halbwegs plausibel zu erklären, dann sähe sie Lin im Gerichtssaal wieder, und sie würde traurig den Kopf schütteln und sagen, na ja, sie habe sie zwar ehrlich geliebt, aber etwas komisch sei sie ihr schon vorgekommen, und der Anwalt würde traurig den Kopf schütteln und sagen, er habe alles versucht, doch es sähe nicht gut aus, zwar wären Leumundsbeweise nur in angelsächsischen Strafprozessen wirklich entscheidend, wenn du allerdings keinen findest, der auf deiner Seite steht, obwohl er nicht dafür bezahlt wird, bist du hier wie dort geliefert.

Na wunderbar, sagte Judith laut, und die Drohne blieb stehen, mitten über dem Fluss, hielt einen Moment lang inne. Dann drehte sie sich um neunzig Grad und flog auf einer klaren Geraden flussabwärts, und die Uniformierten sahen ihr nach, jeder einzelne von ihnen drehte den Kopf drohnenwärts, sonst gab es keine Richtung mehr, die irgendwas versprach.

Judith nahm eine bequeme Haltung im Gras ein, eine, in der man sich nicht so schnell wieder rühren musste, weil Gliedmaßen einschliefen oder schmerzten. In diesem Urwuchs bewegte man nie nur sich selbst, immer versetzte man die halbe Landschaft in Schwingung, bog Halme um und Bäumchen. Es wurde stetig geschäftiger am anderen Ufer, Leute kamen hinzu, brachten schweres Gerät und Hunde. Weitere Drohnen sirrten den Flusslauf entlang, in beide Richtungen. Nie kam eine zurück. Taucher glitten ins Wasser, in einer einzigen fließenden Bewegung, leise wie die Nacht. Taucher gingen wieder an Land. Man erstattete einander Bericht. Judith sah Leute die Köpfe zusammenstecken. Man telefonierte, funkte und guckte umher. Flutlichter wurden herangekarrt und in Windeseile montiert. Pavillons aufgespannt. Biertische in den Pavillons aufgestellt. Gewerbliche Kaffeemaschinen an mobile Stromaggregate angeschlossen. Nun war es an der Zeit, sich zu sorgen.

Judith legte sich flach auf den Boden und robbte vom Ufer fort. Sie war ihre eigene Spezialeinheit. Sich so zu bewegen, war lächerlich schwierig und mühselig und wäre tausend Flüche wert gewesen.

Als sie sich umdrehte, sah sie einen Tross heeresgrüner Lastwagen über die Brücke fahren, auf ihre Seite, das war nicht gut. Als sie wieder nach vorn schaute, schaute sie mitten in ein kaltes Loch hinein.

II

Ich

Ich wache auf mit einem trockenen Mund, und mit einem trockenen Mund gehe ich schlafen. Das sollte einen nicht wundern. Wasser ist zwar da, aber niemals genug. Und es regnet immer im falschen Augenblick.

Ich habe gestern eine weitere Plastiktüte im Wald gefunden und hege große Hoffnung, dass sie mir behilflich sein wird. Ich habe sie an den Seiten aufgeschnitten und auf dem Boden ausgebreitet. Über einer Kuhle, so dass sie leicht konvex liegt und sich das Wasser darin sammeln kann. Allerdings hat es, seit ich die Tüte gefunden habe, was vielleicht auch vorgestern war, nicht geregnet. Noch dazu ist das Problem nicht klein.

Feuchtigkeit ist übrigens kein Teil des Problems, im Gegenteil. Dafür, dass es hier kein Wasser gibt, ist es überall ausgesprochen feucht. Morgens kann man Grashalme ablecken und auch auf der Plastiktüte ist immer ein wenig, keine Ahnung, Tau. Ich stehe darum sehr früh auf, und wenn mein Mund nicht mehr trocken ist, lege ich mich wieder hin. Man kann das Gras auch essen, zumindest gehe ich davon aus, denn ich habe schon ein paar Büschel verdrückt und mir ist nichts passiert.

Ich muss vielleicht dazusagen, dass ich von Natur aus einen ziemlich robusten Verdauungstrakt habe. Das liegt bei uns in der Familie. Mein Vater isst oft abgelaufenen Joghurt. Meine Mutter trinkt zum Frühstück Orangensaft und Kaffee, Schluck für Schluck abwechselnd. Ich kann gut scharfe Sachen essen, damit habe ich schon viele Leute beeindruckt, und offensichtlich auch Sachen, die ausgesprochen bodennah wachsen.

Pilze würde ich nicht probieren, ich kenne mich damit kein bisschen aus, das hat mich nie interessiert, und lebensmüde bin ich nicht. Wenn Pilze nicht in Dreihundert-Gramm-Schalen verpackt und mit einem in der Zukunft gelegenen Ablaufdatum versehen sind, werden sie nicht gegessen. Punkt. So hungrig kann ich gar nicht sein, da labe ich mich lieber weiter an meinen Grashalmen. Auch Beeren, die es nicht auch tiefgekühlt im Supermarkt zu kaufen geben könnte, oder die mir nicht zumindest noch anderweitig bekannt vorkommen, würde ich eher nicht essen. Orange Beeren sind vorsichtshalber in jedem Fall tabu. Weiße Beeren auch. Und ich rieche vorher an allem. Wenn etwas komisch riecht, lasse ich die Finger davon.

Ich habe meinen Namen in eine feuchte Ritze geschoben, im Vorübergehen, und dort bleibt er nun. Ich würde ihn nicht einmal wiederfinden, wenn ich ihn suchen würde.

Vielleicht sollte ich nicht so viel an meine Eltern denken.

Ich stehe auch deshalb früh auf, weil ich sehr wachsam bin und im Schlaf, vielleicht besonders im Schlaf, sehr empfindlich auf Veränderungen reagiere. Ich weiß nicht, woran die Landschaft merkt, dass der Morgen naht. Ich bin auf einer Reise einmal einem Hahn begegnet, der jeden Morgen eine halbe Stunde vor Sonnenaufgang zu krähen begonnen hat, als alles noch nach tiefster Nacht aussah. Die anderen Hähne der Ortschaft fingen keinen Augenblick zu früh mit der Arbeit an und weckten die Menschen erst, wenn sich der Horizont weit hinten schon in einem verwaschenen Morgengrau färbte. Doch hat dieser eine Hahn offensichtlich gewusst, dass der Morgen noch nicht da, aber schon nah war. Nach einem ähnlichen Prinzip funktioniert hier alles: Bevor man den Tag erahnen kann, raschelt es in den Gräsern, zittern die Baumwipfel, dreht der Wind seine Richtung, und alles, was eine Stimme hat, beginnt zu singen, zu schreien oder zu flüstern.

Vor Endoparasiten habe ich keine Angst mehr. Wenn sie mich bislang in Frieden gelassen haben, brauchen sie es nun nicht mehr zu versuchen, mich zu befallen. Und falls ich schon einen habe, ist es offensichtlich halb so wild. Ich fühle mich stark, sonst merke ich nichts. Die Nächte sind so kalt, als wollten sie mich um jeden Preis verscheuchen, dennoch habe ich nicht einmal einen Schnupfen bekommen.

Um Füchse würde ich aus unterschiedlichen Gründen trotzdem einen Bogen machen, sie denken umgekehrt offenkundig das Gleiche und sind mir bislang noch jedes Mal zuvorgekommen. Das gilt im Grunde für alle Tiere, die größer als drei Zentimeter sind. Nicht, dass mir der Rest besonders geheuer wäre.

Ich habe mal gewusst, ob man Zecken im Uhrzeigersinn herausdreht oder in die andere Richtung. Ich erinnere mich nicht mehr. Wenn sich mal eine in mir festbeißt, werde ich es im Uhrzeigersinn versuchen. Bisher ist mir viel erspart geblieben und wenig zugestoßen. Nicht erst, seit ich aus dem Loch gekrochen bin. Trotzdem denke ich, dass ich nicht mehr lang am gleichen Fleck bleiben sollte. Langsam entgleite ich. Sollte ich mir vorstellen, wie ich aussehe, sehe ich eine Person mit einem Fernglas um den Hals vor mir. Sie trägt kurze Hosen und festes, knöchelhohes Schuhwerk, ein kurzärmliges Hemd und einen praktischen Haarschnitt, einen, um den man sich nicht kümmern muss. Nichts davon trifft zu. Ich besitze nicht einmal ein Fernglas, ich hätte eines einpacken sollen. Das Einzige, was ich sehe, wenn ich in die Ferne schaue, ist eine Frau mit schlechten Augen, das Gesicht gerahmt von ungewaschenen Haaren. Sie sind länger geworden. Vielleicht wachsen sie schneller an der frischen Luft. Ich hätte auch Trockenshampoo einpacken können, das wäre weise gewesen. Ich weiß aber auch, oder zumindest rede ich mir das ein, dass man manchmal nur eine Chance hat zu packen. Besser keine Zeit darauf verschwenden, Verluste zu beklagen. Oder

Versäumnisse. Das Einzige, was ich sehe, wenn ich in die Ferne schaue, bin ich.

Heute ist mein letzter Tag im Wald, vorausgesetzt, ich finde einen Weg nach draußen. In jedem Fall ist es mein letzter Tag in genau diesem Teil des Waldes. Erst einmal sitze ich im rechtwinkligen Eingang meiner Behausung und esse Beeren, die von außen wie sehr kleine Erdbeeren aussehen und von innen weiß sind. So stelle ich mir welche vor, die in der Wildnis einfach so vor sich hin wachsen. Das Risiko scheint mir überschaubar. Manche von ihnen schmecken tatsächlich wie Erdbeeren.

Ich habe Durst, und ich bin selbst dran schuld. Es gibt hier einen Bach, mehrere mittelgroße Tümpel und einige Pfützen, alle in Gehweite, ich habe sie entdeckt und fände sie wieder. Es gibt genug Wegmarken hier. Kein Baum sieht aus wie ein anderer. Der nächstgelegene Tümpel ist kaum so weit entfernt, dass man die Strecke dorthin als Spaziergang bezeichnen könnte. Keines der Gewässer hat mich allerdings überzeugen können. Auch mein Vertrauen in die Silberionen-Tabletten hält sich in Grenzen. Regenwasser geht, Kondenswasser geht, Morgentau ist in Ordnung. Alt wird man wohl nicht damit.

Nicht das, was mit dem Schiff geschehen ist, wird mich am Ende hier rausholen, keine Suchtrupps, keine Hundestaffel und auch nicht meine Sehnsucht nach menschlicher Gesellschaft. Es wird das Bedürfnis sein, eine Cola zu trinken. Wer weiß, vielleicht kaufe ich einen ganzen Kasten und geh' damit zurück in die Büsche. Wahrscheinlicher: Ich würde den Kasten klauen. Eine Cola, eine Cola und irgendwas, das man gut mit Sriracha Hot Sauce kombinieren kann.

Rituale sind wichtig. Arbeit und Struktur, immer und überall. Ich fühle mich sehr beschäftigt. In der Abendsonne klaube ich mir stets Kletten von den Kleidern. Die meisten sitzen unterhalb des Knies, ein paar schaffen es jedoch an die unmöglichsten Stellen. Ich zupfe sie ab und sammle sie auf einem Haufen in der Ecke meiner Behausung. Einige lasse ich absichtlich übrig, drei oder vier pro Kleidungsstück.

Jeden Vormittag mache ich eine Exkursion zu dem Loch, aus dem ich gekommen bin, auch heute. Es ist die fünfzehnte oder zwanzigste, und es wird die letzte sein. Man könnte wahrscheinlich auch Kontrollgang dazu sagen. Ich habe das Gitter mit einem Grashalm verschlossen, den ich um einen der Stäbe und um die Verankerung im Stein geknotet habe. So kann ich sehen, ob es geöffnet wurde. Es ist viel wahrscheinlicher, dass jemand aus all den anderen Richtungen zu mir vordringt und aus dem Wald oder über die Lichtung gelaufen kommt. Oder einfach über den von dichtem Gestrüpp bewachsenen Wall, durch den ich hindurchgekrochen bin. Trotzdem ist mir das Loch ganz besonders wenig geheuer. Und es ist der einzige Ort, den ich kontrollieren kann, also kontrolliere ich ihn, und ich kontrolliere ihn gründlich.

Der Halm ist noch da. Ich löse den Knoten, ich sage drei Holznamen, und das Gitter öffnet sich. Ich strecke meinen Kopf in die Höhle und lausche. Sie ist voller Geräusche, es sind die gleichen Geräusche wie am Tag zuvor, ich sorge mich nicht. Mit den Fingerspitzen taste ich die Tunnelwand ab und lasse ihre Kälte in mich hinein.

Ich habe heute eine Überraschung für das Loch, darum wage ich mich ein Stück weiter hinein. Das Gitter bleibt offen. Es kommt mir enger vor als an dem Tag, an dem ich hier herausgekrochen bin, und ich bewege mich sehr langsam voran, tastend, die Fingerspitzen voraus. Einen Helm hätte man tragen sollen. Aber alles, was mir fehlt, fehlt gar nicht.

Als ich mich weit genug vorangewagt habe, und was weit genug ist, bestimme ich allein, ziehe ich meine Mitbringsel aus den Hosentaschen. Alles, was meinen früheren Namen trägt, darf hier bleiben.

Ich denke, dass so ein tropfender Tunnel manche Verwesungsprozesse ziemlich beschleunigen dürfte. Bald wird Moos über allem liegen. Es gibt leider keine Ritzen und keine losen Steine. Der Tunnel selbst muss Versteck genug sein. Ich werfe die Sachen tiefer hinein, an Stellen, die ich nicht sehen kann von da, wo ich hocke. Sie verschwinden geräuschlos, so als würden sie Teil der öligen Dunkelheit hier drin, sobald ich sie loslasse.

Der schwierigste Moment ist der, in dem ich mich umdrehe, die Richtung wiederfinden muss, aus der ich komme. Hundertachtzig Grad sind leicht abzuschätzen, wenn man nicht gerade beinah blind im Schwarz hockt. Ein einziges Mal stoße ich mir den Schädel, und schon sitze ich wieder im Gras und denke einige hochtrabende Gedanken: Ab sofort werde ich meine eigenen Entscheidungen treffen, nur für mich selbst. Ab sofort bin ich nur noch ich. Wer allein sein kann, kann alles sein. Und so weiter.

Ich gehe fort.

Jetzt gleich, nur noch einmal atmen.

Villain, I have done thy mother

Zu den ausschließlich wunderbaren, ausschließlich beglückenden Sachen, die ich im Leben gesehen habe, gehört eine Fotostrecke japanischer Getränkeautomaten bei Nacht. Ich weiß nicht, warum mich die Bilder so anrühren. Ich halte mich ansonsten nicht für sentimental. Sentimentale Leute sind schlechte Genossen.

Sie befinden sich im Norden Japans, wo sehr nördliches Klima herrscht. Einer der Automaten trägt eine weiße Haube aus Schnee, die ihm so tief übers Gesicht gerutscht ist, dass sie die oberste Reihe von Getränken verdeckt. Damit auch der letzte Idiot merkt, dass sie ihr Automatendasein schon lange hinter sich gelassen haben. Die Geldschlitze sind ohnehin zugefroren. Der viele Schnee in der Umgebung reflektiert ihr Licht ins Unendliche. Wenn es tatsächlich das Erhabene gibt, denke ich, dann in diesen Winterlandschaften, wo von beflissenen Maschinen so beständig in die Nacht hineingestrahlt wird. Es ist nicht darstellbar, es will nicht abgebildet, es will viel lieber erfahren werden. Die Fotos versuchen das Unmögliche, das einzufangen, was es gar nicht gibt, weil es den Menschen übersteigt und seine Fähigkeiten der Wahrnehmung. Darum mag ich die Fotos so. Weil sie so gut sind im Scheitern, dass sie es nicht einmal merken. Und das Licht strahlt und strahlt und strahlt. Hier bin ich, du siehst mich, du weißt keinen Namen für mich.

Und natürlich funktioniert das alles nur, weil keine Kundschaft die Bilder durch ihre Anwesenheit stört. Weil da kein Geld ist, dem es danach verlangt, ausgegeben zu werden. Weil die Automaten verlassen sind und der Verlassenheit nichts Geringeres entgegensetzen als ihr tapferes, fast trotziges Leuchten. Weil keine Menschen da sind, werden sie selbst lebendig, mehr als lebendig sogar, sie sind höhere

Wesen. Es gibt ein einziges Bild in der Serie, bei dem man im unscharfen Bereich Autos vorüberfahren sieht. So etwas kann ein Kunstwerk ganz unspektakulär zunichtemachen. Jemand schrieb, allein die Erwähnung des Mondes könne noch die tollsten Romane ruinieren. Manchmal braucht es dafür nicht einmal den Mond.

Ich versuche, die Bilder heraufzubeschwören: die Kälte der Umgebung, die Wärme des Lichts, die spezielle Einsamkeit leerer Straßen im Winter. Und den Geschmack von Fanta, natürlich, das Geräusch, wenn man in Erwartung eine Dose öffnet. Das Soft-Drink-Geräusch, so klingt es, wenn man bald keinen Durst mehr hat.

Es klappt nicht gut mit dem Beschwören. Ich packe meine Sachen. Lieber, treuer Rucksack. Mittlerweile würde ich tatsächlich eine Fanta trinken, dabei war ich nie ein großer Fanta-Freund. Man weiß oft nicht, was einem fehlt, bevor es weg ist. Dass es in meinem Fall Kohlensäure ist, erstaunt mich. Ich trinke die Plane leer, ehe ich sie zusammenfalte, schlecke die Tropfen auf, denke wieder daran, dass ich hier bloß ein Tier bin unter vielen, aber eines, das sich ins Menschsein zurückwünscht.

Im Norden Japans leben, neben vielen anderen ungewöhnlichen Spezies, weinende Kaninchen, ich weiß nicht mehr, wo ich das gelesen habe. Gut möglich, dass sie nachtaktiv sind und manchmal in der hell beleuchteten Dunkelheit vor den Automaten stehen, wehmütig, dass sie das Konzept Kleingeld nicht durchschauen können mit ihren Kaninchenköpfen, geschweige denn von irgendwoher ein paar Münzen zaubern und in eine schlecht gewärmte Dose Kaffee investieren. Oder in eine hervorragend gekühlte Limonade.

Ich weiß nicht, weshalb ich nicht fluchen kann. Konnte ich noch nie. Genauso wenig wie Befehle erteilen oder auf Bildern hübsch lächeln. In manchen Lebenslagen ist das tatsächlich problematisch. Probehalber widme ich meiner Situation und der Abwesenheit zivilisierter Getränke ein paar verhältnismäßig unflätige Wörter, aber es klingt alles sehr halbgar, so als wäre mir alles gleich. Und ich muss mich fragen, ob das stimmt, ob es überhaupt noch etwas gibt, das mir wichtig ist. Ich fluche noch ein wenig laut, um nicht nachdenken zu müssen.

»Wenn ich noch einmal Regenwasser trinken muss, kotze ich alles kurz und klein«, sage ich zum Gebälk meines Hochsitzes. Die Astlöcher blicken mich an, als hätten sie von mir nichts anderes erwartet. Das spornt mich an, erstaunlicherweise. Ich weiß nur nicht so recht, wozu.

»Wenn ich noch einmal Grashalme essen muss, die Pest auf eure beiden Häuser!«

»Geht sterben, ihr Fanta-Freunde!«

»Ich will verdammt sein bis in alle Ewigkeit, und in der Hölle rauchen.«

»Deine Mutter raucht Menthol.«

»Auf der Dachterrasse meines Vaters!«

»Die Pest auf eure beiden Eigentumswohnungen.«

»Die Pest auf eure beiden Eigentumswohnungen, und fick die Polizei!«

Und so fort.

Ich glaube, ich habe das alles gesagt, nicht bloß gedacht. Besonders das »zei« von der Polizei ist mir sehr laut geraten. Ich höre noch, wie es sich zwischen den Büschen und Bäumen entfernt. Wenn ich schon laut werden musste, hätte es doch wenigstens bei »fick« sein können, aber nein, das habe ich geflüstert, es war ein ausgesprochen kleines Wort. So harmlos wie alles, was ich mache, und alles, was ich sage. Auch fluchend ist man wohl kein anderer Mensch als sonst. Ich möchte an eine neue Größe glauben. Daran, dass ich selbst etwas verändern kann. Daran, dass ich zuerst fluchen lerne und dann, wie man

Autos knackt, Banken ausraubt, Häuser und Brücken in die Luft jagt. Jedoch gibt es nichts, wohin ich wachsen könnte.

Man könnte, wenn man könnte, Beschimpfungen googlen und sich dann damit zufriedengeben. Ich habe nicht mitbekommen, wie ich den Rucksack geschultert habe und die Leiter hinuntergestiegen bin, ich stehe plötzlich mitten auf der Wiese, den Hochsitz im Rücken, den letzten Rest eines Schimpfwortes noch im Hals, kurz vor den Stimmbändern ist es steckengeblieben. Das Gras streift mir um die Knöchel. Ich gehe auf Samt.

Die Schuhe hängen unmotiviert von einer der Strippen meines Rucksacks, sie nerven mich bereits nach ein paar Schritten, baumeln meine Hüfte an. Im Rucksack ist kein Platz mehr, selbst wenn ich eine kleinere Schuhgröße hätte, kämen die Schuhe nicht mehr unter. Es ist einfach alles zu viel, und jede Nacht sind meine Besitztümer noch ein Stück gewachsen. Schließlich ist es nicht so, als hätte ich mir zum Vergnügen lauter Stöckchen und Steinchen eingepackt, und was es hier noch so gibt, Eichhörnchen, Patronenhülsen, Ziesel, gebrauchte Kondome. Ich nehme mir keine Andenken mit. Ich möchte keine Erinnerungen mehr. Ich bin ein Mensch ohne Vergangenheit, das bedeutet, dass ich auch keine Zukunft habe. Alle Zeit der Welt zu haben: Das habe ich noch nie für ein erstrebenswertes Ziel gehalten. Mir reicht eine handelsübliche Serie von Momentaufnahmen, von denen jede einzelne nicht mehr und nicht weniger zeigt als die kadrierte Gegenwart.

So lebt es sich halbwegs angenehm, denke ich noch, als ich auf einen dornigen Ast trete, der mir ein Loch in die weiche Haut zwischen dem kleinsten und dem zweitkleinsten Zeh reißt. Danke, Wald, danke, Natur. Ich ziehe meine Schuhe an und blute ein wenig auf die Innensohle. Nicht, dass es jetzt noch einen Unterschied macht, eine kleine Wunde zwischen den Zehen.

Ich möchte mich zu einem Weg durchschlagen. Aber erstmal bin ich zufrieden, mich überhaupt zu entfernen. Nach maximal drei Minuten tut mir der Fuß allerdings stärker weh und mir fällt kein Fluch ein, weder ein schlechter, noch ein richtig peinlicher. Nach fünf Minuten ziehe ich die Schuhe wieder aus. Man möchte es nicht glauben, welches Massaker eine kleine Wunde anrichten kann.

Die Natur ist nicht nur brutal, wenn es um die großen Dinge geht. Sie braucht keine seismischen Aktivitäten oder biblische Fluten, um sich was zu beweisen. Es gibt auch den alltäglichen Terror geradezu schadenfroher Ausprägung. Tausend Vögel scheißen gerade zugleich auf Leute, die auf der Wiese liegen und in die Wolken gucken, als gäbe es irgendwo irgendwas zu sehen, und tausend Radfahrer haut es wegen schlechter Witterung aus dem Sattel. Die meisten überleben. Das meiste überleben wir. Das meiste ist bloß ein Ärgernis, schnell vergessen, nicht einmal lernen müssen wir daraus.

Ich werde sicher nicht an einem Loch im Fuß verenden.

Ich setze mich auf eine Wurzel, links und rechts von mir die, sagen wir, Losungen von mindestens fünf verschiedenen Spezies. Und ich schreie zum ersten Mal in meinem Leben. Es klingt erbärmlich. Nie wieder Selbstmitleid, beschließe ich noch im Schreien.

Ein Vogel fliegt auf, irgendwo weiter hinten im Wald röhrt ein Tier zurück. Wobei das auch bloß mein Echo sein könnte.

Auwald

Es sind schon Leute an weniger gestorben. Jeder kennt die Geschichte von den Unglückseligen, die in einer Pfütze ertrinken, auch ohne sonderlich angetrunken zu sein. Ganz normal ohnmächtig geworden, nur in einem weniger günstigen Augenblick. Oder die vom Rad fallen, nicht weil sie zu schnell unterwegs sind, sondern zu langsam, so dass sie ins Trudeln kommen, und dann die Bordsteinkante. Oder wenn man das zu ernst nimmt, wenn man gesagt bekommt, man solle viel trinken, und dann wird der Körper geflutet und alles schwillt an, das Gehirn auch. Weil im Schädel nicht genug Platz ist, endet die Reise in der kühlen dunklen Erde. Alles nur, weil wir keine offene Fontanelle mehr haben. Aber die Todesarten, die sich aus einer offenen Fontanelle ergeben, mag ich mir auch nicht ausmalen.

Am letzten Tag eines gemeinsamen Urlaubs wurde mein Mitreisender von einem räudig ausschauenden Hund gebissen. Es war vielmehr am Ende des letzten Tages, sagen wir, es war die letzte Nacht. Da waren wir gerade aus dem Dorf mit dem fleißigen Hahn heimgekehrt und fühlten uns der Tierwelt ohnehin nicht sehr verbunden. Der Hund war zausig, das eine Auge trüb, das andere voller Zorn. Er kam geradewegs auf uns zu, sein Schatten überholte ihn im Lichtkegel der Straßenbeleuchtung, er biss im Vorübergehen zu und trottete von dannen. Wir wurden blass, die Szene war unangemessen still. Sowas machen Hunde nicht, das war das Erste, was der Mitreisende sagte, und er hatte recht.

Wäre es an jedem anderen Tag gewesen, hätte er einfach vor Ort in eine Klinik fahren können und die Wunde reinigen, Tollwutimpfung, und sich mit dem Nötigsten an prophylaktischen Gegenmaßnahmen gegen alle potentiellen Keime versorgen lassen. Es war bloß der Arm ein wenig aufgerissen, unten am Handgelenk. Da es aber der allerletzte Tag war, befand er es für klüger, damit zu warten und gleich nach der Ankunft in Österreich in ein, wie er meinte, ordentliches Spital zu gehen und sich ordentlich rundum durchchecken zu lassen. Was er nicht kalkuliert hatte, war, dass die Rückreise vierundzwanzig Stunden dauern würde, vierundzwanzig Stunden, in denen man vor sich hin katastrophisieren konnte, bis man erstaunt war, überhaupt noch zu leben, oder dass überhaupt irgendjemand lebte.

Erst irgendwo über den betörend gleichförmig aufgefalteten Gebirgsketten Pakistans fiel ihm ein, dass wir ein Breitbandantibiotikum eingepackt hatten. Auf Empfehlung des Tropeninstituts, das wir leider nur virtuell besucht hatten und das entsprechend eher generische Tipps für uns parat hatte. Die Reiseapotheke befand sich gut gekühlt im Gepäckraum der Boeing 737, in meinem Koffer, was mich zur Verantwortlichen für die Misere machte, ich war sein Todesengel, ich war schuld. Er sprach das nicht aus, musste er auch nicht. Wir dachten darüber nach, wie teuer es werden könnte, eine Notlandung zu erzwingen. Unsere Schätzungen wichen sehr stark voneinander ab. Auch im Landeanflug wurde weiter abgewägt, Versicherung und Rückversicherung miteinkalkuliert. Meinen gut gemeinten Scherz, dass seine Beamtenkrankenversicherung das unter Garantie mitabdeckt, fand niemand witzig.

Ich hielt seine feuchte Hand, furchtlos, stundenlang. Ich machte keine Witze mehr und hielt sie während des gesamten Zwischenstopps in Istanbul, während mein Koffer unter Ausschluss der Öffentlichkeit von einem Flugzeug in das nächste transportiert wurde, so als spuckte ein Mund in einen anderen hinein. In meiner freien Hand hielt ich ein Glas Çay, gerade soweit abgekühlt, dass ich mich kaum daran verbrannte.

Ich hielt seine Hand fest, bis mir selbst das Handgelenk wehtat, und ich brauche mein Handgelenk zum Arbeiten mehr als andere Leute. Ich hielt ihn trotzdem. Er hatte gute Hände, ich weiß noch genau, wie sie in meine hineingegossen waren, ohne dass sich unsere Finger verhakten. Alle drei Sekunden ließ er los, hob das Pflaster an und schaute, ob sich das Mal verändert hatte, nur um gleich wieder nach mir zu klammern. Ich ermahnte ihn. Besser nicht zu oft anfassen. Und wer weiß, hier am Flughafen. Wie es da so um die Sterilität bestellt ist. Ich fragte, ob wir eine Apotheke suchen gehen sollten, er verneinte. Ob wir nach einem Sanitäter fragen sollten, wieder nein. Die Abstände zwischen zweimal Pflasteranheben wurden länger. Irgendwann vergaß er das Pflaster, dann vergaß er meine Hand. Ich bekam eine Sehnenscheidenentzündung vom Trösten. Ihm ging es gut. Er ging nie in eine Klinik. Ich denke, dass er noch am Leben ist. Gewiss erinnert er sich nicht mehr an den Hund. Aber er zuckt sicher manchmal nachts hoch und weiß nicht weshalb.

Wie treffend plötzlich, das Wort Au, wie es im Auwald vorkommt oder in der Donauau gleich zweimal hintereinander, als wäre man über das Wort gestolpert.

»Ein neuer Wundbrand in Athen«, singe ich vor mich hin, wie ich so durch die Landschaft humple. Ich singe nicht wirklich, ich stelle mir bloß vor zu singen. Das ist einerlei, es macht überhaupt keinen Unterschied.

Das nächste Tier, das vorbeikommt, werde ich beißen. Mein Look hat sich mittlerweile von einem idealtypischen Repräsentanten meiner Generation – kein Stil, kein sonderlich gut entwickelter Blick, doch genug Geld und ein ausreichend guter Wille, damit man es nicht sofort sieht – zum einwandfreien Erscheinungsbild eines Clochards gewandelt. Ich wollte schon immer einen Stil haben, jetzt hab' ich einen. Dabei habe ich mich bloß lang genug nicht gewaschen und meine Körperhaltung dem Schmerz angepasst. Immer wieder sehe ich an mir hinab. An manchen Stellen ist meine Kleidung ausgebeult, an anderen so fadenscheinig, dass meine Haut hindurch leuchtet. Meine Hände sind leicht eingekrustet, ich muss das Blut angefasst haben. Ich rieche an meinen Fingerspitzen, und niemand sieht mir dabei zu.

Oh, welch Ungemach

Das Gehölz ist mein Feind geworden. Ich kann nicht mehr gehen, nicht mehr humpeln, ich kann nur noch staksen. Überall Äste. Man sieht unter den Ästen den Boden nicht mehr. Ich trete auf gut Glück in irgendwelche Lücken, manchmal sind zwischen den Ästen nur noch weitere Äste, und ich knicke und sinke tiefer in den Grund. So muss sich Seekrankheit anfühlen. Nichts hält, nichts trägt.

Die Orientierung ist mir auch abhandengekommen, ich sehe die Sonne nurmehr gebrochen zwischen den Baumkronen hindurchstrahlen, Schatten gehen über in andere Schatten. Licht fällt nur in Flecken auf den Grund, nie in Flächen. Wenn überhaupt. Eine direkte Sonneneinstrahlung ist für mich hier unten unvorstellbar. Ich sehne mich nach der Sonne und ihrer Gewalt. Mir ist warm und kalt zugleich, ich kenne mich nicht mehr aus, weder in meinem Körper noch in meiner Umgebung. Es riecht moosig um mich herum.

Ich singe weiter vor mich hin, aber nur in Gedanken. Und dann fällt es mir auf, zwischen zwei Strophen, die ich mir aus mindestens drei Liedern zusammengeklaubt habe. Verschallen. Daher kommt verschollen. Wer verschollen ist, der schallt nicht mehr, der klingt nicht mehr, nicht einmal sein Echo. So muss es sein, und niemand da, der mir zu widersprechen wagt. Heureka, denke ich fest und feierlich. Und es ist ein Wunder, dass ich überhaupt noch denken kann. Mein Fuß schmerzt so sehr, dass ich lachen muss. Unter mir knacken die Zweige.

Ich denke mit jedem Schritt, mit jedem Schmerz, der mir von den Zehenspitzen ins Knie hinauffährt, an die Diebin. An ihre Katzenaugen, die sich schließen, in Zeitlupe, und sich wieder öffnen, um mich anzusehen. Und die mich sehen, die mich wirklich sehen. Ob das genauso passiert ist oder ob mir meine Erinnerung einen Streich spielt, das weiß ich nicht. Ich widme ihr all meine Schmerzen, jetzige, vergangene und alle, die noch kommen. Ich trete fester auf. Ich will sie spüren. Jeder Schritt ist eine Ersatzhandlung für die Berührungen, die nicht stattgefunden haben. Der Schmerz nimmt mir das Sehnen nicht, doch wiegt er es auf und macht es erträglicher. Er macht auch alles andere wirklich, weil er selbst so wirklich ist. Der Schmerz ist überhaupt das Wirklichste, das mir seit Langem widerfahren ist. Noch ein kleines bisschen verrückter werden, noch ein kleines bisschen klarsichtiger, und bald bin ich der Wunde dankbar.

Mir rinnt eine Schweißperle den Rücken hinab und verliert sich irgendwo im Hohlkreuz. Ich wollte meine Oberteile nicht verschwenden, also habe ich heute keines angezogen. Meine Schultern werden gerötet sein von den Riemen des Rucksacks. Das Polyamidgewebe hinterlässt ein Hornschuppenmuster auf meiner Haut. Ich finde, es steht mir, aber als Mischwesen fühle ich mich schon lang nicht mehr, und denke auch nicht, dass das wiederkommen wird. Ein Höhlentier war ich nur vorübergehend, ich war bloß ein Interimstier. In meinem Sehnen bleibe ich menschlich. Die Diebin, denke ich, die Diebin, ihr Winken, die Diebin, die Stirnfransen, ihre Jeans. Die Diebin, an Bord eines Schiffes gehend. Katzenaugen, die sich senken, die sich schließen. Ich stelle fest, dass die Möglichkeit, sie wiederzusehen, mich weitaus stärker aus dem Wald hinaustreibt als die Sache mit dem kalten Getränk. Man kann sich selbstredend nach mehreren Sachen zugleich sehnen, sogar nach mehreren Menschen zugleich, das weiß ich aus eigener und kein bisschen leidvoller Erfahrung. Das hier, das ist größer und tiefer. Ihr Winken. Und wie sie an Bord geht.

Ich will gar nicht heilen.

Ich komme an ein Ende, auf einmal stehe ich nicht mehr im Dickicht. Ein Weg schlägt eine Schneise in die Landschaft. Wie alles, das von Menschen gemacht wurde, kommt er mir zunächst unwirklich vor. Ich fühle mich schutzlos. Niemand ist zu sehen, hier gibt es jedoch kein Weit und Breit, hier kann jederzeit alles vor meiner Nase auftauchen. Am Saum des Weges steht ein Mast mit einem Kasten. Aus dem Kasten hängen Kabel. »Flüssiggasleitung« steht auf einem Schild. Darunter ein Ortsname, der mir vage bekannt vorkommt, und eine zweistellige Nummer. Ich fürchte, ich bin zurück, da, wo die Menschen sind. Der Mast trägt einen Regenschutz, der wie ein Kegelhut dort sitzt, wo sein Kopf wäre.

»Grüß Gott«, sage ich zum Mast. Ich bin sicher, in einem anderen Wald tippt sich irgendwer genau in diesem Augenblick an die Hutkrempe.

Ich halte es für schlauer, mich doch nochmal ins Innere der Au zurückzuziehen. Zumindest, um mir ein T-Shirt anzuziehen und mir eine Strategie zu überlegen. Ich war, als ich noch einen Namen hatte, immer unentschlossen, was die Freie-Oberkörper-Frage angeht. Ich hätte es sehr begrüßt, wenn allen Menschen das Recht auf eine unbedeckte Brust zugestanden hätte. Aber ich konnte mich mit dem Gedanken nie anfreunden, davon Gebrauch zu machen. Wenn ich ehrlich bin, war es mir einfach einerlei, kein Streitgespräch wert. Ich hätte mehr streiten sollen. Jetzt bin ich bereit dazu, doch das sagt sich leicht, wenn niemand da ist, der einen herausfordert.

Trotzdem fühle ich mich nackt. Und wenn ich die Wahl habe zwischen einem schon lange nicht mehr gut riechenden Shirt und Exhibitionismus, dann siegt noch immer meine gute Kinderstube, meine Scham. Natürlich muss ich erst einmal jede Menge Zeug auspacken, um an meine Kleidung zu kommen. Irgendein Gegenstand kullert ins Gezweig. Ich möchte meine Hand lieber nicht hineinstecken, um nach ihm zu tasten.

Es gibt nur zwei Richtungen, die ich einschlagen kann. Das nützt wenig, wenn die eine Möglichkeit sehr richtig ist und die andere dafür umso falscher. Der Ortsname auf dem Pfeiler hilft mir nicht weiter. Irgendetwas mit -thal oder -heim. Es könnte jeder Name darauf stehen. Sobald ich nicht mehr auf das Schild schaue, vergesse ich den Namen. Ich gehe nach links, wenn es schon egal ist. Der Boden fühlt sich noch immer so an, als gebe er nach, dabei bin ich es, die schwankt. Ich fühle meinen Puls dort, wo mein Fuß aufgeritzt ist.

Als sich am Ende des Wegs eine Silhouette zeigt, denke ich zuerst an einen Fuchs. Ich bleibe stehen. Das ist keine gute Idee, ich schwanke noch immer, die Baumkronen kommen auf mich zu. Als der Fuchs mich mit der Nase anstupst, liege ich mitten im Schotter auf meinem Rucksack, keine Ahnung, wie ich da hingekommen bin, und der Fuchs ist kein Fuchs, sondern ein Hund. Ich kann seine Wimpern erkennen, kurz und dicht, sie umkränzen verdutzte Augen. Ich fürchte mich nicht. Der Hund fürchtet sich nicht. Dann kommen die Baumkronen noch näher, die Zweige ästeln sich zu mir her, die Blumen und Gräser am Wegrand decken mich zu, und das Licht geht aus, und die Geräusche auch, und der Atem des Hundes an meiner Wange wird schwächer.

Alte Fehler

Ich sinke immer tiefer in die Äste, unter denen Äste liegen, es gibt immer eine Lücke, die gerade groß genug ist, mich hindurchzulassen. Ich sinke wie auf den Grund eines Gewässers. Ohne Eile. Die Schwerkraft gibt es noch, sie ist hier allerdings eine schwache Herrscherin, und schwache Herrscherinnen sind gnädig. Nichts tut weh. Und alles ist gut. Irgendwo muss noch die Sonne sein, zumindest ist es nicht ganz finster hier. Das Licht kommt von überall, nur nicht von oben. Die Äste weben sich zu einem Muster, wie der Plan einer endlosen Stadt, deren Straßen sie sind. Eine Stadt ohne Rand. Ich wollte nie anderswo leben. Ohne Stadt um mich herum bin ich verloren.

Ich wünschte, ich könnte allein sein, ohne mich zu verlieren, aber ich kann es nicht.

Irgendwann bin ich genug gesunken. Meine Hände liegen neben meinem Körper, die Beine sind noch da, ich kann meine Füße spüren, beide. Sie haben sich von mir fortbewegt, soweit sie konnten, doch meine Mitte hält, mein Körper entkommt mir nicht. Über mir lichtet sich die Stadt. Gleich über meiner Nase tut sich eine Lücke zwischen den Straßen auf, die immer größer wird.

Wo die Straßen waren, wird Putz sichtbar, eine Decke, von der eine Lampe hängt und mehrere Spinnweben. Der Lampenschirm ist aus Glas und geformt wie eine Blüte, die nach unten wächst. Die Decke ist durch vier Ecken begrenzt, wie es sich gehört. Sie geht über in Wände, die zu all meinen Seiten abfallen und weich auf einem Teppich landen. Es gibt Fenster und Vorhänge vor den Fenstern. Der Raum ist nicht hoch und nicht groß; er riecht nach altem Leben und Sommerende. Aber das Licht. Das Licht ist noch das gleiche wie unter der endlosen Stadt. Es ist weder richtig dunkel, noch richtig hell. Man kann gerade das Wichtigste erkennen.

An einer Wand erkenne ich meinen Rucksack. Er steht aufrecht, als sei nichts gewesen, und schaut mich an. Ich schaue zurück. Teile ihm mit, dass ich zu ihm komme, sobald ich mich bewegen kann. Mein Geist ist wach, der Körper abwesend, ich spüre keine Angst. Nur, dass ich keine Angst spüre, besorgt mich ein bisschen. Neben mir ist ein Hocker und auf dem Hocker ein Glas Wasser. »Sehr witzig«, sage ich, meine Stimme klingt roh und rau, und am Fußende schreckt jemand hoch.

Die Augen des Hundes sind wacker und neugierig. Er wedelt mit dem Schwanz, steht auf, wedelt noch mehr und rollt sich in meiner Achsel zusammen. Er wird immer kleiner, je näher er mir kommt. Schließlich ist er kaum größer als einer der fetten Feldhasen, die ich in letzter Zeit so oft gesehen habe, dass sich für mich alle anderen Säugetiere an ihnen messen müssen. Ich kann mich nicht wehren. Ich frage mich bloß, wie er es geschafft hat, mich hierher zu bringen, zu betten, mit Wasser zu versorgen, wie er überhaupt in einer so halbwegs sauberen Wohnung leben kann. Er wirkt auf mich nicht anders als andere Hunde. Wir schlafen beide wieder ein, und als wir beide wieder aufwachen, ist das Licht noch immer gleich.

Die Wände sind mit Holz vertäfelt. Ich entkomme den Bäumen schon mein ganzes Leben nicht. Sie mir ebenso wenig. Bevor ich dem Hund Beachtung schenke, bevor ich zu dem Wasserglas greife, fahren meine Finger an der Maserung entlang. Unter dem Lack atmet es, das weiß ich, genau wie ich und du. Etwas Lebendes zum ersten Mal berühren: Das ist mit nichts zu vergleichen. Ich weiß noch genau, wie Lin mich das erste Mal berührt hat. Ihre Hände waren vom ersten Moment an fragend, zaghaft, als wüsste sie, dass man sich mir mit Vorsicht nähern sollte. Als hätte sie sich ganz bewusst dazu entschlossen, mir trotzdem nahzukommen, plötzlich ihre Hand im Nacken, wie sie mich zu sich herzieht. Beinah unentschlossen hat sie sich angefühlt, umso entschiedener meine Berührungen. Ich weiß, wie das geht, ich weiß, wie man zu anderen vordringt oder besser: wie man in sie hineindringt. Umgekehrt ist das anders, bei mir kommt man selten weiter als bis zur Haut.

Ich habe anscheinend etwas an mir, das andere Menschen gleichzeitig vor mir warnt und sie anlockt. Die Grube, an deren äußersten Rand man sich stellt, um hineinzuschauen. Und nicht der Boden ist instabil, nicht der Grund rutscht weg, sondern der Mensch, der auf ihm steht und sich nur mit Mühe davor bewahren kann, sich einfach vornüber ins Loch kippen zu lassen. Kaum ahnt man das eigene Verhängnis, ist es schon geschehen, wie von allein fällt man. Mit Glück landet man weich. Ich wollte immer, dass die Leute weich in mir landen. Es ist mir nicht immer gut gelungen. Es ist besser, dass ich jetzt allein bin. Mehr oder weniger. Der Hund schaut mich an und hechelt, irgendetwas will er von mir. Natürlich ist Liebe Risiko. Meine Hand nähert sich dem Kopf des Hundes. Ich könnte ihn streicheln, er ließe das zu. Als ich seine Wärme schon spüren kann, einen Millimeter oder zwei entfernt von der Berührung, ziehe ich die Hand wieder zu mir. Der Pegel im Wasserglas hat sich geändert. Beim Verdunsten sind Kalkränder im Glas entstanden, Jahresringe; wer weiß, wie lange wir geschlafen haben. Ich setze mich auf. Ich kann das. Mein Fuß tut kurz weh, aber der Schmerz fühlt sich weit entfernt an. Wie Fernsehgeräusche aus einer Nachbarwohnung. Der Schmerz hat wenig mit mir zu tun. Ich trinke das Glas in einem Zug aus und fühle mich gleich viel sauberer von innen. Ich sitze noch eine Weile, die Holzvertäfelung im Rücken. Wir atmen gemeinsam.

Es ist doch kein Bett, auf dem ich gelegen habe, auch wenn es sich so angefühlt hat. Eher ist es eine Art Liege oder ein Tagesbett. Meine

Möbelwörter müssen mir abhandengekommen sein. Auf einem Polster zu liegen, das hat sich sehr bekannt angefühlt, sehr wie zuhause. Mein Körper ist generell gut im Erinnern. Er merkt sich alles. Ein paarmal hat er schon heilen dürfen und sich in den unpassendsten Momenten an alte Wunden erinnert, so getan, als wären sie noch da. Da ist mir der Gegenwartsschmerz weit weniger unheimlich. Ich stehe trotzdem mit dem gesunden Fuß zuerst auf. Der Teppich ist weicher, als ich gedacht hätte, und irgendwer hat mir die Socken ausgezogen. Das sollte mich beunruhigen. Aber ich spüre nicht einmal Scham. Wenigstens wurde meine Wunde nicht gesäubert oder sonst wie verarztet.

Ich taste meine Kleidung ab und kann keine Kletten mehr ausmachen. Von allen guten Geistern verlassen, was bedeutet das, heißt es, die schlechten sind noch da?

Ich bin mir sicher, dass der Hund und ich allein hier sind, doch wenn man ein leeres, fremdes Haus erkundet, ist der Besitzer trotzdem anwesend. Er ist in allen Gegenständen, unter jedem Möbelstück guckt er hervor, er klemmt in jeder Blumenvase und ruht in der Staubschicht darauf. Es gehört so viel Vertrauen dazu, jemanden in seinem Zuhause allein zu lassen, dass ich mir richtig schäbig vorkomme, während ich das Zimmer in Augenschein nehme. Es ist alles alt hier. Viel gibt es nicht, trotzdem ist es unordentlich. Die Gegenstände sehen nicht so aus, als seien sie von einer Generation angeschafft worden, die jetzt noch am Leben ist. Von den Möbeln ganz zu schweigen. Ich versuche, mir mein Wissen ins Gedächtnis zu rufen, aus Tisch- und Stuhlbeinen auf den Zeitraum zu schließen, wann sie hergestellt wurden. Aber die Zeit hat ihre Gültigkeit verloren, ich kann überhaupt nichts mehr datieren.

In der Küche riecht es nach dem Essen von gestern oder vorgestern. Natürlich gehe ich sofort zum Kühlschrank, und natürlich brauche ich drei Versuche, ehe ich die Tür aufbekomme. Innen fällt ein Senfglas um; es gibt keine Getränke, zum Glück auch keinen Alkohol. Während ich darauf warte, dass meine Impulskontrolle zurückkehrt, esse ich drei Würstchen direkt aus dem Glas und gebe dem Hund die restlichen fünf. Wir nehmen beide keinen Senf dazu. Er führt einen Tanz auf, zu dem ich auch gern imstande wäre, und fiept in die stumme Küche hinein. Ist gut, sage ich, ist gut, so spricht man mit Hunden. Ich glaube, jetzt ist es soweit, jetzt ist er verliebt, ich hab' wieder denselben alten Fehler gemacht.

Nachdem ich genug gegessen habe, wasche ich mir die Hände. Dann hänge ich meinen wehen Fuß ins Waschbecken und lasse kaltes klares Wasser darüber laufen, bis ich nichts mehr fühle. Mir ist wohlig schlecht. Der Hund weicht mir nicht von der Seite. Er ist immer kleiner geworden, seit wir uns kennen. Wenn man liegt, erscheint einem alles riesenhaft, trotzdem kann ich nur staunen, wie sehr sich der Abstand zwischen uns seit der ersten Begegnung vergrößert hat. Ich entdecke erst jetzt die kahlen Stellen in seinem Fell, durch die rosa, roh aussehende Haut scheint. Das Wasser, das ich ihm in einer sowohl für Menschen als auch für Tiere geeigneten Glasschale anbiete, verteilt er auf dem ganzen Linoleum. Ich schätze, er ist einfach schon sehr alt. Als er fertig mit dem Trinken ist, wische ich alles auf. Ich hocke mich auf den Boden, er kommt sofort an und präsentiert mir seinen kahlen Bauch. Ich gebe auf und streichle ihn.

So habe ich mir das Ende der Zeit immer vorgestellt. Nur ich und ein zausiges Tier und keine Kraft in den Knochen, um sentimental zu werden. Im letzten Winkel des Küchenschranks ist doch eine Schnapsflasche. Sie hat Staub angesetzt, trotz geschlossener Schranktür, aber ich hinterfrage heute sicher nichts. Es muss etwas Selbstgebranntes sein, auf dem Etikett steht »Nuss«, in der mühseligen Bic-Kugelschreiberschrift von Einem, der nicht so viel schreibt.

»Wie soll ich dich nennen?«, frage ich den Hund.

»Und wie soll ich dich nennen?«, fragen seine Augen zurück.

Seine Hinterläufe zittern etwas, unter dem lückenhaften Pelz zeigen sich Muskeln und Sehnen in all ihrer anatomischen Pracht. Man sieht genau, woraus wir alle gemacht sind; der Hund fasziniert mich mehr, als dass er mir leidtut, aber ich lasse ihn weder das eine noch das andere spüren. Ich beschließe, Herr Bossmann zu ihm zu sagen, bis ich seinen echten Namen herausfinde. Herr Bossmann und ich nehmen am Küchentisch Platz, ich auf einem mit rotem Wachstuch überzogenen Stuhl, er zu meinen Füßen, so nah, dass ich ihn atmen fühle. Da ist ein Teller auf der Tischplatte, hauchfeines Porzellan, mit einem deutlich in Mitleidenschaft gezogenen Goldrand. Ich drehe den Teller um, es ist eine Nummer eingestempelt und die adlig wirkenden Insignien des Geschirrherstellers. Keine Krümel, keine Schlieren. Für weitere Erkundungstouren fühle ich mich noch nicht bereit. Der Hund wird sich schon melden, wenn er raus muss. Ich muss es jedenfalls nicht so bald. Ich bin nicht ganz sicher, ob ich in einem Bungalow bin oder in einer Erdgeschosswohnung. Aus dem Küchenfenster sieht man das untere Drittel einer Konifere, und einen Ausschnitt Garten, der irgendwo endet; kein Zaun, keine Hecke.

Herr Bossmann und ich nehmen die Flasche mit ins Bett und hoffen, dass heute niemand mehr nach Hause kommt.

Körperproblem

Niemand ist gekommen. Wir gehen spazieren heute, weil wir müssen. Ich bin keine Tierquälerin, das war ich, so hoffe ich zumindest, noch nie. Herr Bossmann hat etwas trübe Augen bekommen. Er wirkt mit jedem Mal, wenn ich ihn ansehe, älter, immer durchsichtiger wird er; mir tut dafür fast nichts mehr weh, und ich vermisse nichts. Nur mein Kopf ist schwer von dem ganzen Schnaps, ich bin nichts mehr gewöhnt. Das ist falsch. Ich war noch nie was gewöhnt, jetzt kenne ich gar nichts mehr. Alles dreht sich langsam heute, noch langsamer als sonst.

Wir lassen die Tür angelehnt. Ich habe einen schweren Schuh gefunden, den ich auf die Schwelle stelle, denn mir scheint nichts schlimmer als die Vorstellung, im Anschluss an dieses Abenteuer nicht in meine Bettstatt zurückzukommen. Der Schuh sieht aus wie der erstbeste Schuh, der einem in den Sinn kommt, wenn man an Schuhe denkt. Ein Prototyp. Knöchelhoch und mittelgroß und eindeutig nicht dieses Jahr gekauft. Das Leder ist gleichzeitig brüchig und anschmiegsam, in der Sohle hängt der Dreck eines mühsamen Lebens.

Das Haus steht allein. Es ist umgeben von Bäumen. Von außen sieht es so anders aus, als ich es mir vorgestellt habe. Es ist tatsächlich sehr klein, ich würde es als Bungalow durchgehen lassen, ohne die genauen architektonischen Vorschriften zu kennen. Es gibt nur die eine Etage. Keine Garage, kein Gartenhaus. Herr Bossmann pinkelt so lange an das erste Beet, dass ich mir Sorgen mache. Dass ein so kleines Tier so viel Flüssigkeit beinhalten kann, bricht endgültig mit den Regeln dessen, was mir logisch erscheint. In meinen Gedanken dudelt Fahrstuhlmusik, während er einfach noch ein bisschen weiterpinkelt. Als er fertig ist, schüttelt er sich. Wir kommen danach schnell überein, dass wir noch ein Stück weitergehen. Wir gehen den Garten in Schlangenlinien ab, beide barfuß.

Hier scheint sich niemand darum zu scheren, was wohin wächst. Es gibt einen Apfelbaum. Wir heben etwas Fallobst auf, ich sammle es in meinem Hemd, stelle mir vor, es sind Planeten aus einem fernen Sonnensystem, meine ziellosen Kreise durch den Garten ihre Umlaufbahn. Ich stehe und walte hier im Namen sämtlicher Gesetze der Himmelsmechanik, niemand kann mich überlisten. Mit den Äpfeln in meinem Hemd zusammen bin ich Teil eines Vielkörperproblems. Schon bei drei einander anziehenden Körpern stößt die Wissenschaft an ihre Grenzen, die Umlaufbahnen lassen sich nicht vorherberechnen, daran scheitern seit Jahrhunderten die größten Köpfe. Der Mathematiker Jules Henri Poincaré unterstellte Dreikörpersystemen überhaupt eine große Neigung zu chaotischem Verhalten. Offensichtlich eine brauchbare Theorie. Woher ich das weiß, fragt eine Stimme aus dem Off, warum ich mich daran so genau erinnere, während ich doch sonst so viel vergessen habe – ist mir egal.

Herr Bossmann pinkelt auch an das zweite Beet. Der Boden ist kühl und weich.

Uns beiden tut die frische Luft gut. Ich hole die Schnapsflasche aus dem Bett. Als ich wieder herauskomme, stellt der Hund die Ohren auf, wedelt und wendet sich wieder dem Erdboden zu. Ich setze mich in eine nicht zu große Lücke zwischen zwei Koniferen und nehme einen Schluck. Eine überzeugende Trinkerin gebe ich nicht ab. Der Pegel in der Flasche hat sich kaum verändert, ich merke dennoch bereits den ersten Tropfen, mein Hirn fühlt sich sofort wie Baiser an, aber Baiser, das schon vor ein paar Tagen gebacken und nicht luftdicht verpackt wurde. Herr Bossmann dagegen ungeahnt viril. Er kreist Kilometer um Kilometer im Garten, die Nase immer dicht überm Torf, und dreht sich in regelmäßigen Abständen in meine

Richtung um, wie eine Mutter nach ihrem Kind oder wie ein Kind nach der Mutter, ich winke ihm, dass er weiß, alles ist gut, und er kreist wieder los. Sein Tempo und mein Tempo passen nicht gut zusammen heute.

Als er genug hat, legt er sich neben mich, und wir sind wieder synchron. Atmen tief, jeder für sich allein. Ich zupfe ihm Kiefernnadeln, Tannennadeln, Mulch und Blätter aus dem Fell. Ich darf ihn überall anfassen, und das mache ich auch. Er hat einen Bart wie Konfuzius und kluge, duldsame Augen. Seine Augen sind Grubeneingänge, führen in die Tiefe, an einen Ort, den ich mir nicht einmal vorstellen kann. Dass sie trotzdem so sanft sind, finde ich unverzeihlich.

Von da, wo wir hocken, sieht man das Haus nicht. Ich drehe mich in alle Richtungen. Dabei muss es gleich hinter dem nächsten Busch sein, und wie groß ist schon so ein Busch, nicht groß, sollte man meinen, im Vergleich. Mir kommt der Garten überhaupt sehr groß vor, und alles, was darin ist, sehr klein. Ich fühle mich plötzlich verloren, und meine Haut zieht sich etwas enger um mich, als wollte sie mich halten und hielte mich zu fest. Herr Bossmann merkt es auch. Er dreht seine Augen zu mir her, die langen Wimpern berühren manchmal den Himmel, daran habe ich keinen Zweifel.

Er geht voran, findet das Haus, mühelos. Von der Fußmatte betrachtet, wenn man die sieben Stufen bis zur Eingangstür erst einmal bewältigt hat, sieht der Garten normal aus, beinahe klein.

Noch auf der Schwelle merke ich, dass etwas nicht in Ordnung ist, oder jedenfalls nicht mehr so wie vor unserem Spaziergang. Herr Bossmann ist viel zu schnell ins Haus verschwunden, hat sich nicht mehr umgeschaut. Und es riecht nach Rauch. Brand oder Zigarette, ich muss kurz nachdenken, ja, es ist eine Zigarette. Das sollte mich erleichtern, tut es aber nicht. Ich bleibe stehen, wo ich bin, im Türspalt. Ich könnte gehen, nie herausfinden, wer es ist, der da raucht.

Mich nie entschuldigen für den getrunkenen Schnaps und dafür, dass ich die Laken vollgeschwitzt habe. Oder mich bedanken. Ich könnte mich entfernen, alles auf den Hund schieben, und ich wäre schneller zurück im Gestrüpp, als man es einer derart Fußversehrten zutraut. Die Entscheidung wird mir abgenommen. Später werde ich denken, der Mann habe als erstes »Grüß Gott« gesagt, nachdem er sich im Türrahmen am anderen Ende des Flurs manifestiert hat. Dabei bekomme ich nicht recht mit, was und wie er mit mir redet, also sage ich einfach selbst »Grüß Gott«. Herr Bossmann scheint ihn zu mögen, mich würdigt er keines Blickes mehr. Aber ich bin nicht blöd, ich kenne Hunde. Das muss nichts heißen.

Ich versuche, aus dem Mann irgendetwas herauszulesen, doch falls er Eigenschaften hat, dann entgleiten sie meinem taxierenden Blick, bevor ich sie zu fassen kriege. Die Türstopperschuhe passen gut zu ihm. Er ist nicht groß und nur ein wenig kräftig, jung ist er nicht mehr, jedenfalls nicht nach meinem Maßstab. Seine Jeans wirken speckig, sowohl alt als auch lang nicht mehr gewaschen. Sobald ich blinzle, vergesse ich die Farbe seines Hemds. Ich frage mich, wen er sieht, über die Länge des Flures hinweg. Ich habe die Schnapsflasche in der Hand und tu so, als wäre es meine. Er macht eine Geste, um mich hineinzubitten. Sicher hat er nicht oft Gäste. Wir nehmen in der guten Stube Platz, ich auf einem Sessel. Er auf einem Sofa, das für genau anderthalb Menschen entworfen scheint. Herr Bossmann springt ihm hinterher, kaum dass sein Hintern das Polster berührt, und legt sich halb auf, halb neben ihn. Beide weichen sie meinen Blicken aus.

Weil es eh schon egal ist, greife ich nach den Zigaretten auf dem Beistelltisch. Es hat große Vorzüge, neue Leute kennenzulernen. Zugegeben nicht so sehr ihretwegen, sondern meinetwegen: Es gibt keine bessere Gelegenheit, ein neuer Mensch zu werden, als in der Gegenwart anderer neuer Menschen. Erst jetzt, wo jemand mich sieht, bin ich Wirklichkeit geworden. Ich rauche wie jemand, der immer schon raucht.

Wortlos geht der Mann in die Küche und kommt mit zwei Gläsern zurück. Er nimmt mir die Flasche aus der Hand, sehr zaghaft allerdings, und ich sehe, er hat die gleichen warmen, tiefen, schrecklichen Augen wie sein Hund. Er sagt, dass er Robert heißt. Bin ich froh, ein ganz normaler Name.

Oliven

Robert steht am Morgen vor mir auf. Ich schlafe gut in seinem Haus, ich träume nicht, und wenn ich wach werde, möchte ich mit geschlossenen Augen liegenbleiben. Meistens tu ich das auch. Nie kommt er an meine Tür. Er geht leise durchs Haus. Als wäre nicht ich es, die stört. Komme ich in die Küche, ist der Kaffee fertig und noch nicht kalt. Das spricht für ein sehr gutes Zeitgefühl seinerseits. Die Küche ist leer, wenn ich sie betrete, aber seine Gegenwart hängt noch im Raum, ich merke, er ist noch nicht lang weg.

Wir begegnen uns erst nach einer Weile, wie zufällig, manchmal ist er im Garten, manchmal sitzt er mit Herrn Bossmann auf dem Sofa und raucht. Wegen seiner Zigaretten weiß ich zumeist in etwa, wo er sich befindet. Woher er weiß, dass ich noch da bin und mich nicht des Nachts davongeschlichen habe, ist mir ein Rätsel. Er ist nie erstaunt, mich zu sehen. Ich bin eine Kostgängerin hier, er füttert mich, wie man eine streunende Katze füttert. Eine, von der man will, dass sie beim nächsten Hunger wiederkommt, sonst nichts.

Nach dem Frühstück setze ich mich zu Robert auf die Stufen vor dem Haus. Wir reden, ich erzähle ihm, dass im Burgenland nun viele Menschen Olivenbäume in ihren Gärten haben, weil man am Neusiedlersee mittlerweile circa das gleiche Klima hat wie am Gardasee, auch wenn man beide Seen kaum miteinander vergleichen kann. Ich habe das in den Nachrichten gehört, erzähle es aber, als wäre ich schon oft am Neusiedlersee gewesen und hätte die Olivenhaine schon aus der Nähe gesehen. Er hört mir zu, den Blick in die Koniferen gerichtet, eine davon fixiert er besonders. Nie fragt er mich etwas oder verbessert mich, dabei ist das mit den Olivenhainen das Einzige, was an meinen Ausführungen über die burgenländische Flora, Geografie und Sozialanthropologie gesichertes Wissen ist. Er stimmt mir leise zu, als ich ihm von meinen unbefriedigenden Schwimmerlebnissen in der Gegend um Rust erzähle und ihn informiere, wie ich von einem Steg sprang und im knöcheltiefen Wasser landete, abgefedert von einem Seegrund aus weichem, modrigem Schlamm. Der Neusiedlersee ist immer für eine Antiklimax gut, sage ich. Er nickt.

Wir einigen uns darauf, dass richtig gute Oliven unschlagbar sind, wir beide würden für richtig gute Oliven jede Mahlzeit stehenlassen. Wir beide haben außerdem Zweifel, dass burgenländische Oliven bereits so weit sind. Er schiebt mir die Zigaretten und das Feuerzeug rüber, ohne mich anzusehen. Noch immer schaut er die Konifere an, als rechne er damit, dass sie abhaut, wenn er den Blick abwendet. Ich bin froh, dass er gar nicht erst versucht, mir Feuer zu geben. Ich paffe und huste und gebe der Zigarette in meiner Rechten den bösen Blick. Er tut, als wäre das normal. Ab der zweiten Hälfte schmeckt mir die Zigarette sehr gut. Robert raucht immer gleich zwei hintereinander. Ohne Zigarette sehen seine Hände sehnsüchtig aus.

Wenn Hollywood Roberts Geschichte entdeckt, wird es in der Verfilmung seines Lebens eine Szene geben, in der ich neben ihm auf einer Veranda sitze, wo wir nicht rauchen, sondern lässig ein Glas Limonade schwenken, so dass die Eiswürfel ein für sensorisch sensible Menschen ungeheuer angenehmes Geräusch abgeben. Eine Toningenieurin wird eine ganze Woche ihres Lebens und viel Schweiß darauf verwendet haben; sie wird Aussichten auf eine hohe Auszeichnung in der Kategorie Bester Ton bei den renommiertesten Filmpreisen haben, auch wenn sie natürlich ganz genau weiß, dass die Auszeichnung für den Besten Ton nur dazu dient, die Wartezeit auf die Auszeichnung für die Besten Darsteller künstlich in die Länge zu ziehen und weitere Werbepausen mit steigendem Budget unterzubringen. Wir werden uns verliebt ansehen, und in seinem wildromantischen

Garten wird ein junger, agiler Hund von stabiler Größe über Hindernisse springen. Niemand wird mich fragen, wie es in Wirklichkeit gewesen ist.

Und dann steht auf einmal kein Kaffee auf dem Tisch, als ich am Morgen in die Küche komme, und es gibt keinen Zweifel, dass seit Stunden niemand hier gewesen ist. In der Kaffeemaschine sind Filter, Wasser und Kaffeepulver, ich brauche sie bloß einzuschalten. Die Stühle sind ordentlich unter den Tisch gerückt, über dem Wasserhahn trocknet ein Geschirrtuch. Der Kaffee gluckst und sprotzt in die Stille hinein. Herr Bossmann ist nicht beunruhigt.

»Kommt öfter vor, was?«, frage ich.

Er streckt sich.

Auf der Anrichte sind Lebensmittel für ihn und mich, genug, um über Tage durchzukommen. Ich brate uns Spiegeleier, zwei für mich und eines für ihn. Er bekommt ein Würstchen dazu. Er soll mich ruhig lieben oder zumindest niemals vergessen. Es scheint zu funktionieren. Ich denke nicht, dass er kaut. Er bekommt auch noch den Rest von meinem Marmeladenbrot. Sein Appetit ist größer als meiner. Als wir fertig sind und eine Weile nur so dagesessen haben, spüle ich das Geschirr ab, weil ich immer mein Geschirr abspüle.

Anschließend suche ich Robert im Garten. Gegen die Hauswand ist ein Rechen gelehnt. Wenn der Arme hätte, er würde sie verschränken. Von Robert ist nichts zu sehen. Ich suche ihn im ganzen Haus. Ich gehe in seinen Keller, obwohl er mir ein Fremder ist. Dort sind die gleichen Dinge wie in jedem anderen Keller. Massig leere Marmeladengläser, eine Waschmaschine, ein halber Regalmeter Selbstgebrannter, rätselhafte Kisten aus durchgeweichter Pappe und eine Stiege voller wachsig gelber Äpfel. Über einer Leine hängen Hemden und T-Shirts. Er hat eine gigantische Trommel Waschpulver, ein Vorrat für Jahrzehnte. In Spinnweben sammelt sich Staub, samtig und flaumig hängen sie von der Decke hinab. Keine Spinnen. Die nackte Glühbirne gibt dem Raum ein warmes, zärtliches, bescheidenes Licht. Ich fasse nichts an und mache mich leicht beim Gehen.

Ich werfe einen Blick in Roberts Schlafzimmer, nur durch den Türspalt hindurch; sein Bett ist gemacht, nicht besonders ordentlich allerdings, er hat bloß die Decke ausgeschüttelt und glattgestrichen. Das Bett ist schmal und kurz, an den Wänden hängen keine Bilder. Er ist so weg, wie man nur sein kann. Der Zigarettengeruch ist aus dem Wohnzimmer verflogen, er hat den Aschenbecher geleert, die Fenster gekippt, den Müll fortgebracht und mir eine angebrochene Schachtel Parisiennes auf dem Sofatisch dagelassen, zusammen mit einem Briefchen Streichhölzer. Es sind weniger Streichhölzer da als Zigaretten, und ich hoffe, er kommt bald zurück. Ich kann mir Robert nicht in Paris vorstellen.

Drei Tage später sitzt er wieder auf dem Sofa, als ich ins Wohnzimmer komme. Er guckt nach draußen in den Garten, in Richtung seiner liebsten Konifere. Ich kann von hier aus nicht sehen, ob sie noch da ist.

Ribisel

Diese Nacht ist es vorbei mit dem guten Schlaf. Ich liege wach, die Augen im Dunkeln weit aufgerissen, und schäme mich. Tagelang habe ich nicht mehr an die Taschendiebin gedacht, oder länger. Es kommt mir falsch vor, sie so schnell zu vergessen. Das wäre sicher anders, wenn ich sie kennengelernt und nicht so viele Fragen hätte.

Ich denke an Batumi. Hafenstadt am Schwarzen Meer. Auch da war ich noch nicht. Ich denke an Saranda. Hafenstadt im äußersten Süden Albaniens. Da auch nicht. Beides wären sehr gute Vornamen. Wenn mich jemand fragt, wie ich heiße, dann denke ich hoffentlich daran, mich nach einem dieser Orte zu nennen. Wenn ich eine Hafenstadt wäre, würden mich Geisterschiffe ansteuern.

Es fällt mir schwer, mir die Taschendiebin irgendwo vorzustellen. An einem ganz normalen Ort. In meiner Vorstellung ist sie noch immer auf dem Schiff. Ich vermisse sie schrecklich. Ich möchte wissen, wer sie ist und wo. Und ob sie jemand anderes auch schrecklich vermisst. Und wer und weshalb.

Ich habe diese Bilder von Zimmern gesehen, in der Zeitung, im Fernsehen und sogar im Kino: die Zimmer Vermisster, in Kriegen Verschwundener. Die Einrichtung von der Familie über Jahrzehnte nicht angetastet, nur behutsam wird alle paar Tage an der Oberfläche abgestaubt und gewienert, wo es nötig ist. Weil Staub alles mit Vergangenheit überzieht.

Irgendwo gibt es ein Zimmer, in dem meine Diebin gewohnt hat. Irgendwo riecht gewiss noch die Bettwäsche nach ihr. Hoffentlich wird auch da der Staub weggescheucht.

Heute Nacht habe ich das Zimmer für mich allein, Herr Bossmann ist zu Robert schlafen gegangen. Ich habe die Tür aufgelassen. Das

Haus liegt ruhig. Ich lege meine Hand auf die Holzvertäfelung und reibe. Wie gern würde ich mir einen Splitter einziehen. Ihn einwachsen lassen und so ein Stück vom Haus mitnehmen, wenn ich gehe. Wie viele Splitter ich mir schon eingezogen habe, könnte ich gar nicht zählen, nicht alle sind wieder herausgekommen, manche nur halb. Wahrscheinlich bestehe ich schon zu einem hohen Prozentsatz aus Holz.

Ich würde selbst zu einem Teil des Hauses werden, und das Haus zu einem Teil von mir. Es ist ein friedliches Haus, still und leise, aus den Wänden strahlt noch die Wärme alter Sommer. Ich kenne solche Ruhe nicht, weder in mir noch in meiner Umgebung. Ich bleibe so lange bei Herrn Bossmann und Robert, dass ich die Zeit an meinen Haarspitzen ablesen kann. Sie müssen bereits zwei Zentimeter gewachsen sein, vielleicht drei. Die beiden stören sich nicht an meiner Anwesenheit. Ich bediene mich jeden Tag an Roberts Zigaretten. Im Aschenbecher erkennt man genau, welche er geraucht hat und welche ich. Meine sind mit purer Gewalt ausgedrückt, seine sehen so intakt aus, dass man den Filter wiederverwenden möchte, weil es einem sonst wie pure Verschwendung vorkäme. Ich bin so vertraut hier. Mehr zuhause, als ich es zuhause war. Das macht mir Sorge. Ich will noch nicht weg, doch vielleicht muss ich bald, ehe es zu nah wird, alles.

Es ist nachts sehr leise hier, viel leiser als tiefer im Wald. Nichts kommt durch den Garten, und wenn es doch mal raschelt, erschrickt man gleich. Und dann bilde ich mir ein, in der Nähe einen Fluss rauschen zu hören.

Scheinbar gibt es mehr Lebensmittel im Haus, als ich gedacht habe. Ich komme an einen gedeckten Tisch, es gibt drei verschiedene Marmeladensorten und richtiges Brot. Robert muss es frisch gekauft haben, als er weg war. Ich nehme das Glas mit der dunkelsten Marmelade. Die Bic-Kugelschreiberschrift sagt: Schwarze Ribisel. Oh Graus.

»Wie hast du geschlafen?«, fragt er.

Ich verziehe keine Miene und sage: »Sehr gut.«
Er sieht, dass ich lüge.
Ich würde mich gerne bedanken bei ihm, aber ich weiß nicht wie, also hole ich aus.
»Wo warst du eigentlich die letzten Tage? Beim Bäcker?«
»Ich war unterwegs. Und beim Bäcker.«
»Dann gibt es also noch Bäcker.«
Herr Bossmann schaut mich mit einem unergründlichen Blick an. Er versteht mich entweder zu gut oder gar nicht. Robert, da bin ich sicher, versteht mich zu gut.
»Es gibt noch Bäcker, ja. Die gibt es noch. Oder sagen wir, es gibt noch Brot. Siehst du ja selbst.«
»Ich würde gern in die Stadt«, sage ich; es passiert mir einfach, dabei wollte ich das ganz anders angehen. Und auch erst nach dem Bedanken. Nun ist es zu spät.
Robert fragt bloß, welche, und ich sage Wien, und er sagt, das ist nicht weit. Das bekommen wir hin. Aber aufpassen, sagt er, aufpassen müssen wir schon, denn momentan kommt man nicht so leicht irgendwohin, das war mal, dass man sich einfach ins Auto setzt.
»Hast du denn ein Auto?«, frage ich.
»So was Ähnliches«, sagt Robert. Er hat eine schwere Stimme, seine Worte sinken sofort auf den Boden und in den Teppich hinein.
»Ist das Schiff wieder da?«
»Nein.«
»Ach.«
Er rückt ein Stück vom Frühstückstisch ab, klopft sich zweimal auf die Oberschenkel, und Herr Bossmann springt ihm auf den Schoß. Ich weiß noch immer nicht, ob er ein großer oder ein kleiner Hund ist. Draußen vorm Fenster lässt ein Wind die Natur erzittern, das Jahr schreitet fort, als wäre alles wie bisher.

Robert fragt mich nichts. Die meisten an seiner Stelle hätten sicher gern gewusst, wer den Löffel in ihr Marmeladenglas steckt. Ich bin froh, dass er nichts wissen will, gleichzeitig macht es mich nervös. Nicht ausgeschlossen, dass er mich erkannt hat, dass mein Foto in der ZIB war oder, macht man das hier, wie in den USA, auf Milchkartons und Cornflakes-Packungen gedruckt, genau wie die Bilder aller Schiffspassagiere? Aller Passagiere, abgesehen von meiner Taschendiebin. Es müsste dafür besonders große Milchkartons geben, damit sie alle auf einen Karton passen. Milch überhaupt nurmehr im Zehnlitergebinde. Das wäre eine Apokalypse, wie sie sich noch niemand ausgedacht hat.

Es ist nicht ausgeschlossen, dass er nicht fragt, weil er sowieso schon Bescheid weiß. Für mich ist das eine völlig neue Situation.

»Wir können heute oder morgen fahren«, sagt er.

»Morgen«, sage ich.

Herr Bossmann und ich machen einen langen Spaziergang durch den Garten, der Tag geht dahin. Mein Fuß tut jetzt beim Gehen weniger weh als danach, wenn ich ruhig werde und mich in den Sessel setze. Dass er überhaupt noch weh tut, ist mir unbegreiflich. Hätte ich mir einen Trümmerbruch zugezogen und nicht so einen Ritz, wäre es mit der Heilung gewiss schneller gegangen. Darum bleibe ich nicht zu lange sitzen. Robert und ich kochen zusammen und rauchen dabei. Das Gemüse sieht aus, als wäre es im Garten gewachsen, aber ich habe dort keine Pflanzen gesehen, in denen ich Zucchini oder Rüben erkannt hätte.

Robert ist sehr vertraut mit dem Messer, ich schaue ihm beim Schneiden zu, denke ein paarmal, er hat die Augen geschlossen. So traumsicher ist er in allem, was er macht. Wir reden nicht viel, wir wissen schon alles.

Das teuerste Auto der Welt

Dieses Ding, von dem Robert behauptet hat, es wäre eine Art Auto, ist ein völlig schwachsinniges Gefährt, komplett idiotisch und sicherlich kein Auto. Er hatte es mit einer Plane abgedeckt, die die Maße eines Zirkuszeltes hat, in dem Elefanten zum Einsatz kommen. Man kann sich nicht vorstellen, wie lange es gedauert hat, das Ding darunter freizulegen. Ungefähr einen halben Tag. Man hätte in derselben Zeit einen Singlehaushalt innerstädtisch umziehen oder einen sehr langsamen Marathon laufen können.

Dass ich es zuvor nicht gesehen habe, liegt daran, dass die Plane tarnfarben ist und dass das Gefährt in einer Ecke des Gartens geparkt ist, die selbst für Herrn Bossmann uninteressant ist.

Ich glaube nicht, dass man so etwas mit einem gewöhnlichen LKW-Führerschein fahren darf. Das sage ich Robert auch. Er pafft. Der Zigarettenrauch tummelt sich in ein dorniges Gestrüpp.

Ich schaue mir das Profil der Reifen genau an. Sie wirken so, als könnten sich darin Radfahrer samt Fahrrädern, spielende Kinder und mittelgroße Tiere eingefahren haben, vielleicht sogar ein normaler PKW. Ich erwarte nichts Gutes von diesem Gerät, das alles sein könnte, aber ganz bestimmt kein Auto.

Während normale Lastwagen vorn und hinten so unterschiedlich aussehen, dass man sofort weiß, wo man einsteigen und wo man aufladen muss, besteht dieser hier aus zwei weißen Kästen auf vier Rädern und in der Mitte ist eine Konstruktion, mit der ich nicht viel anfangen kann; Streben und Kabel, die sich um sich selbst wickeln, und oben guckt ein Schornstein hervor. Der Schornstein sieht aus wie ein Staubsaugerschlauch. Vor dreihundert Jahren wäre das Fahrzeug eine Dampfmaschine und damit ungeheuer nützlich gewesen.

Dieses Glück wurde ihm nicht zuteil. Wer eine späte Geburt für gnädig hält, hat auch nur meistens recht.

»Hat das irgendeinen Zweck?«, frage ich Robert, der sich in ein Rascheln und Zucken unter der Plane verwandelt hat. Herr Bossmann pinkelt lange gegen den rechten Vorderreifen und schaut mir dabei starren Blickes ins Gesicht.

»Ja, das hat einen Zweck.«

»Würde es dir sehr viel ausmachen, mir davon zu erzählen?«

»Bei diesem Auto, bei meinem Auto, handelt es sich um ein Messgerät.«

»Warum gehört dir sowas?«

»Ich sage mal so: Es hat mir nicht immer gehört.«

»Du hast es geklaut?«

»Ja.«

»Du bist ein Autodieb?«

»Ich weiß nicht, ob es wirklich ein Auto ist.«

»Aha.«

»Man kann damit fahren, aber nicht so schnell. Das ist ein Nachteil, vor allem, wenn man auf der Flucht ist. Es hat allerdings einen Zweck, sogar einen bestimmten. Man erfährt durch alle möglichen Messungen, ob da was ist unter der Erde, was man nutzen kann. Heißes Wasser, solche Geschichten.«

»Heißes Wasser?«

»Solche Geschichten, ja. Es ist so, dass man hier im Umkreis Untersuchungen macht, um die Erdwärme zu messen. Es gibt eine Menge heißes Wasser direkt unter der Erde, also umweltfreundliche Energie, und daraus könnte man etwas machen, Häuser heizen zum Beispiel. Ganz genau weiß man aber nicht, ob da wirklich was ist und auch nicht wo. Darum braucht man Messgeräte. Und das hier ist eines.«

»Wird das nicht von irgendwem gesucht?«

»Bestimmt.«

»Wie klaut man sowas?«

»Das war einfach. Ein richtiges Auto klauen ist eine Meisterleistung dagegen. Der Trick ist: Man muss einerseits ein Gefühl haben für den richtigen Moment und zweitens sich nichts scheißen. Als das mit dem Schiff passiert ist, haben sie die Messungen einfach abgebrochen. Da standen dann die Messfahrzeuge an dem Punkt, wo sie zu messen aufgehört haben, drei in einer Reihe, es fahren immer drei, und haben sich nicht mehr gerührt.«

»Und da habe ich mir gedacht, jetzt oder nie. Die Fahrer standen weit abseits von den Wagen, und da habe ich einem eine Zigarette angeboten und gefragt, ob die Autos GPS haben oder irgendein Ortungssystem. Er hat gesagt, theoretisch ja, praktisch nein. Braucht man ja auch nicht, weil die kaum zu übersehen sind. Das hat mir gereicht als Auskunft, mehr kann man für eine Zigarette nicht verlangen. Ich bin in den vordersten eingestiegen und losgefahren. Ich hatte kurz Angst, als ich die Apparaturen gesehen habe. Es ist ja kein Auto, also sieht auch innen alles etwas anders aus, und ich hatte keine Zeit zum Nachdenken. Andererseits hat sowieso keiner versucht hinterherzukommen, es war an dem Tag alles egal. Also habe ich mir alles einmal kurz angesehen, die ganzen Knöpfe und Schalter, vor allem die Pedale. Beziehungsweise einfach etwas herumprobiert. Weißt du, was am eigenartigsten war?«

»Ich finde bislang alles gleich eigenartig.«

»Ich habe dann auf den Monitor geguckt, also in meinen Rückspiegel. Und da sehe ich, dass die Fahrer nicht einfach stehenbleiben, wo sie sind, und nicht zu ihren Wagen gehen. Zu mir kommen sie auch nicht. Sie entfernen sich von mir, gehen einfach in die entgegengesetzte Richtung. Aber da ist nichts. Da ist nur eine Brache, mit einem vollkommen aufgesprungenen Boden. Das weiß ich noch, wie der Boden aussah. Rissig.«

»Fahndet jetzt jemand nach dir?«

»Wenn man Robert heißt und so aussieht wie ich, kann einem in der Hinsicht nichts passieren. Der Fahrer hat mich in dem Moment vergessen, als ich mich umgedreht habe. Das ist eine besondere Fähigkeit, die ich habe. Außerdem, ganz ehrlich, es kümmert einfach gerade niemanden. Ein Dings mehr oder weniger, und immerhin weiß man, dass es nur ein Diebstahl war. Die Menschen kümmern sich aber gerade um das, was sie nicht so einfach erklären können.«

»Du hast wahrscheinlich das teuerste Auto geklaut, das man sich nur vorstellen kann«, sage ich. Meine Anerkennung lasse ich mir nicht anmerken.

»Es ist kein Auto.«

»Und du bist kein Dieb.«

»Naja. Sagen wir, ich bin kein Autodieb.«

Er erläutert, wie es funktioniert mit den Messungen, tut aber gar nicht erst so, als hätte er es selbst begriffen. Eine Platte in der Mitte des Fahrzeugs stampft auf den Boden, dadurch schwingt alles, und die Schwingungen werden wiederum genau aufgezeichnet. Die Aufzeichnungen geben mit etwas Glück Aufschluss darüber, ob es heißes Wasser unter dem Boden gibt oder nicht. Wenn ja, kann man viele Häuser damit wärmen. Wenn nicht, muss man nochmal messen.

»Das ist umweltfreundlich. Umweltfreundlich«, sagt er mit einer Stimme, die klingt, als würde er für Herrn Bossmann sprechen.

»Und wie stehst du so dazu, dass man hier alles nutzbar machen will, sogar den tiefen Grund?«, frage ich.

»Ich habe dazu eigentlich keine Meinung«, sagt Robert und lächelt dabei so neutral wie ein Ökoterrorist, der den Keller voller Sprengstoff hat.

Mir kommt der Grund plötzlich nicht mehr stabil vor, mein Fuß tut wieder weh, vielleicht ist es nur deshalb. Ich halte mich an einem dreckigen Reifen fest und hoffe, niemand sieht es. Ich stelle mir vor, wie der Wagen aufstampft, wie ein zorniges Riesenbaby. Und woanders, nicht weit weg, aber zu weit weg, um es mit eigenen Augen sehen zu können, tut sich ein Loch auf im Boden. Ein schiffsgroßes. Schluckt was und schließt sich wieder. In der nahen Umgebung hängen hinterher womöglich ein paar Bäume schief, sonst sieht alles aus wie immer.

Ich bin bereit zu gehen. Auf dem Bett warten bereits meine Sachen, sauber und geduldig. Ich schichte sie in den Rucksack, alles passt hinein, und ich überlege, etwas von mir hierzulassen. Etwas in die hinterste Ecke des Kleiderschranks zu schieben, unter den Polstersessel oder zwischen zwei Teller im Küchenschrank. Eine Anweisung vielleicht, wie wir uns wiedersehen. Koordinaten, Datum und Uhrzeit; weit weg und in der fernen Zukunft. Damit wir was haben. Herr Bossmann liegt im Türstock; er sieht müde aus, er ist von uns allen der Müdeste. Ihn werde ich nicht wiedersehen können, denke ich, seine Zukunft ist umso viel kürzer als meine, sie findet gar nicht richtig statt. Ich würde ihm zu gerne ein paar Jahre abtreten. Ich unterbreche das Packen, setze mich zu ihm in den Türstock, er legt den Kopf auf mein Bein, ich lege die Hand auf seinen Kopf.

Tanken

Robert ist ein sehr souveräner Fahrer. Ich kann mir gut vorstellen, wie sicher man sich in einem normalen Auto bei ihm fühlen muss, auf einem normalen Ausflug. Ich schließe die Augen und stelle mir vor, wie wir zum Picknicken fahren, so lange im Auto sitzen, bis wir die vollkommene Wiese gefunden haben. Wo wir dann feststellen, dass wir die Decke vergessen haben, und lachen, und er darf auf meinem praktischen, weiten Rock platznehmen, und der Hund spielt im Gras, isst etwas Totes, badet im Bach, gräbt ein Loch, schläft.

Herr Bossmann liegt zu meinen Füßen, und es ist noch so viel Platz in der Fahrerkabine, wir könnten alle anderen Tiere aufsammeln, die am Wegesrand leben. Zum ersten Mal bekomme ich einen Eindruck von der Umgebung hier, wobei Umgebung etwas zu viel gesagt ist. Es gibt nichts, bloß Wiesen. Es gibt kein Dorf und keine Nachbarn. Bis wir irgendwann doch durch ein Dorf kommen. Das Dorf besteht aus einer Handvoll Häuser, die links und rechts der einzigen Straße Spalier stehen, als warten sie darauf, dass endlich mal ein Auto mit fremdem Kennzeichen vorbeifährt, um sich danach sofort schlafen zu legen, weil es ganz gewiss kein zweites Mal am gleichen Tag passiert. Am Ende des Dorfes geht die Straße weiter, alle paar hundert Meter steht ein Holzkreuz zwischen den Leitpfosten, Plastikblumen daneben, manche Kerzen brennen, andere nicht. Ich achte nicht auf Beschilderungen, auf Ortsnamen, die mir nichts sagen, und ich will nicht wissen, wie die Unfalltoten hießen und in welchem Alter sie gestorben sind.

Der Wagen liegt fest auf der Fahrbahn. Außer einem brummenden Bass ist vom Motor nichts zu hören. Robert ist davon überzeugt, dass man mit einem solchen Gefährt, wie wir es haben, unsichtbar ist. Das ist paradox, er und ich wissen das. Trotzdem bin ich fast überzeugt. Wenn alles merkwürdig und unvorhersehbar ist, ist gleichzeitig alles normal, alles vollkommen unverdächtig.

Außerdem, hat Robert gesagt, wenn man so etwas Seltsamen begegne, gehe man doch automatisch davon aus, dass es von Amt und Würden genehmigt sein müsse. Man käme doch nicht auf die Idee, dass jemand sowas ohne alle möglichen Scheine und Dokumente fahren könne. Auch das leuchtet mir ein. Seine feste Überzeugung, dass auch Polizisten nicht auf die Idee kämen, uns zu kontrollieren, kann ich trotzdem nicht teilen. Aber was soll ich machen. Der Tag geht zur Neige, die Schatten ziehen sich in die Länge. Sie zeigen in die Richtung, aus der wir gekommen sind, halten uns höflich zum Umkehren an. Wir ignorieren sie alle.

Es ist schon spätes Zwielicht, als wir auf der Landstraße entlangfahren und eine Tankstelle passieren. Sie leuchtet hell und verloren. Ich bitte Robert anzuhalten. Bis wir es ausdiskutiert haben, ist die Tankstelle schon zwei Kilometer oder drei hinter uns. Er parkt auf der Standspur.

»Dann kannst du auch gleich noch mit dem Hund gehen«, sagt er.

Herr Bossmann und ich stapfen durch das hohe Gras direkt neben der Straße. Ich habe solche Angst, dass er mir vor ein Auto läuft, dass ich alle hundert Meter stehen bleibe und ihn in den Arm nehme und ihm ins Ohr sage, er solle bei mir bleiben. Es wirkt. Er riecht etwas unangenehm, wie altes Stroh, das mal nass war und dann wieder getrocknet ist. Als wir weit genug weg sind von Robert, kommen mir die Tränen, ich weiß nicht wieso, und ich möchte es auch nicht wissen. Wir geben ein recht jämmerliches Bild ab, der Hund und ich, mit unseren zauseligen Haaren und dem schwerfälligen Gang, ich hinke, er greist.

Herr Bossmann wartet vor der Schiebetür und lässt sich vom Benzinduft benebeln. Zwei Zapfsäulen sind außer Betrieb, drinnen sind die Regale halbleer. Ich gehe am Zeitschriftenständer vorbei, der Zeitschriftenständer ist halbleer, ich sehe nicht nach unten, denn unten liegen die Zeitungen. Der Kühlschrank ist dreiviertelleer. Meine Coladose ist eine der letzten. Es steht nicht Cola darauf, sondern ein Kosename. Sie kommt aus dieser Reihe, wo alle Coladosen mit unterschiedlichen Kosenamen bedruckt waren; jetzt sind nurmehr drei von denselben übrig, aber mir geht es ähnlich wie mit den Flüchen, es will mir einfach nicht über die Lippen, das Wort, es geht nicht. Ich nehme eine der Dosen und gehe hinaus. Die Schiebetür schließt sich hinter mir. Der Junge an der Kasse sieht mich an, ihm ist es gleich. Ich habe kein Geld, er will keines, plötzlich funktioniert es auch so herum.

Ich rechne eigentlich nicht damit, dass Robert noch da ist, ich käme auch ohne ihn in die Stadt zurück, das weiß ich. Mein Fuß tut nur noch weh, wenn ich an die Wunde denke. Wir sind jetzt viel entspannter. Ich vertraue dem Hund, dass er nicht auf die Straße läuft, und er passiert unbeeindruckt ein totgefahrenes Kaninchen am Rand der Fahrbahn. Die Coladose und meine Hand haben inzwischen fast die gleiche Temperatur, und es ist dunkel.

Mir erscheint der Weg länger als vorher, und dann noch länger. Wir gehen um Kurven, die vorhin noch nicht da waren. Um ein Haar wäre ich in eine Grube getreten. Herr Bossmann bleibt nah bei mir, ich gehe zwischen ihm und der Straße, er geht zwischen mir und dem Wald. Es riecht nach Bäumen, ätherisch, ich erkenne die Sorte Holz nicht.

Inzwischen bin ich fest davon überzeugt, dass Robert weggefahren sein muss und uns beide ausgesetzt hat. Ich bin ihm dankbar, dass er meinen Rucksack mitgenommen hat, ich brauche nichts von dem, was da drin ist, und erst recht brauche ich nichts, das mich schwerer macht. Das Gefährt bemerke ich erst, als ich fast vor die Stoßstange laufe. Es ist stiller als die Nacht persönlich und alle Lichter sind aus. Herr Bossmann würde unbehelligt weiterlaufen, riefe ich ihn nicht zu mir. Er hat das Gefährt nicht gesehen, nicht einmal gerochen hat er es. Ich klettere hinein, Herr Bossmann hält inne, springt, findet seinen Platz, und sein Platz ist bei mir, selbstredend.

Kaum setzen wir uns in Bewegung, öffne ich meine Coladose. Das Geräusch. Bald habe ich keinen Durst mehr. Wenn ich im Wald nur hin und wieder einmal dieses Geräusch gehört hätte, wäre ich vielleicht noch immer an Ort und Stelle, würde mir in diesem Augenblick Kletten aus der Kleidung zupfen und kaum ahnen, was ich versäumte. Es ist gut. Ich nehme einen Schluck, dann reiche ich Robert die Dose. Er nimmt einen Schluck, dann reicht er sie mir zurück, und ich denke: Jetzt können wir auseinandergehen oder vor einen Baum fahren. Dann greife ich nach unten, ins Fell, und denke, auseinandergehen reicht.

Als in der Ferne die ersten Lichter sichtbar werden, tun wir in stiller Übereinkunft so, als sähen wir sie nicht. Tatsächlich sind sie sparsam und verstreut, sie setzen sich nicht zu einem einzigen Bild zusammen. Da ein Haus, dort ein Haus, keine Stadt. Sie strahlen mit den Cockpitlichtern um die Wette und die Cockpitlichter gewinnen; die Fahrerkabine ist die Stadt auf links gedreht, eingestülpt. Wien wird mir bekannt vorkommen, ich werde mich zurechtfinden.

Der Hund ist tief eingeschlafen, sein Kopf auf meinem Fuß so leicht, ich spüre ihn kaum. Erst, als es sich nicht mehr vermeiden lässt, sagt Robert: »Jetzt gleich sind wir da. Ich kann dich nicht bis mitten hineinfahren, das ist vielleicht doch ein wenig riskant.«

»Lass mich einfach irgendwo raus«, sage ich, »wo es leicht geht.«

Herr Bossmann hebt den Kopf und sieht mich provokant an. Dann lässt er sich wieder sinken, verschwindet im Dunkel des Fußraums, nur seine Wärme ist noch da.

»Noch ein Stück.«
»Ein Stück noch.«
Ich denke, dass er langsamer fährt als sowieso schon. Die Leitpfosten takten unseren Weg, ich zähle sie, bei zweiundsiebzig kommt ein Parkplatz. Robert setzt den Blinker. Wir wissen, was kommt, aber solange wir können, ohne dass es seltsam wird, bleiben wir sitzen. Robert holt eine Flasche aus dem Fach, das bei einem normalen Auto das Handschuhfach wäre, es ist der Nussschnaps, und an Gläser hat er auch gedacht. Mir wird warm. Wenn man ein solches Gefährt überhaupt fahren kann, dann kann man es auch besoffen fahren. So will es das Gesetz. Beide schauen wir nach vorn, aus dem Fenster. Die Straße streckt sich leer und leise in Richtung der Lichter. Als ein Wagen sich von hinten anschleicht und uns passiert, zucke ich zusammen. Robert tut, als hätte er weder den Wagen bemerkt noch meinen Schrecken. Wir wissen beide, wann der Zeitpunkt da ist, die Flasche wieder zu verstauen. Unsere Gläser werden zeitgleich leer.

Wir machen kein Aufhebens. Robert hilft mir, den Rucksack zu schultern, ohne dass er dabei auch mich berührt. Ich weigere mich nicht, was sollte ich meinen Ballast auch bei ihm lassen. Auf meinem Rücken wird der Rucksack sofort leicht; als ich an den Riemen zurre, verschwindet er ganz. Herr Bossmann ist mit ausgestiegen. Ich streiche ihm übers Fell, von der Stirn bis zur Schweifspitze, fest. Zarte Liebe habe ich nicht in mir, und ich will, dass er das spürt. Ich will ihn mir einprägen, meine Hände sollen sich merken, welche Temperatur er hat und wie man durchs Fell seine Knochen spürt. Ich sage ihm was ins Ohr, bevor ich mich auf den Weg mache. Die ersten Schritte gehe ich gegen einen Widerstand an, wie gegen einen starken Wind, dann wird es leichter. Als ich mich nach ein paar hundert Metern umdrehe, ist das Gefährt weg. Als wäre es nie da gewesen, so sehr ist es weg.

Unter einer Laterne bleibe ich stehen, in ängstlicher Ungeduld suche ich mich nach Hundehaaren ab, um sicher zu gehen, dass ich nicht spinne, und ich bin sehr erleichtert, als ich eines finde, ein drahtiges, unverkennbar, an meinem rechten Hosenbein. Es ist so hell, selbst in diesem spärlichen Licht leuchtet es. Ich drehe es zwischen den Fingern, es fühlt sich gut an. Als ich es genug betrachtet habe, picke ich es mir wieder aufs Schienbein, gleiche Stelle, gleicher Winkel.

Windfrei

Die Stadt kommt und kommt nicht näher. Ich habe Bahngleise gefunden, an denen orientiere ich mich. Ich merke lange nicht, dass etwas fehlt: die Züge. Es ist Betriebsschluss, so viel ist klar. Aber es ist noch nicht spät, es kann noch nicht spät sein, wir können nicht so lang gebraucht haben. Und es gibt doch den Güterverkehr. Ich stapfe den Bahndamm hinauf und lege eine Hand auf die Schienen. Sie vibrieren nicht, ich fühle nur meinen eigenen Puls. Das Herz schlägt mir, als wollte es aus meiner Brust heraus. Manche Ängste sitzen tief; dass man nicht einfach so auf die Schienen steigt, weiß mein Körper besser als ich.

Ich vermute den Flughafen in der Nähe, das kann überhaupt nicht anders sein, außer, Wien hat sich in der Zwischenzeit gedreht. Wir haben uns der Stadt flughafenseitig genähert, so viele Wege führen auch wieder nicht nach Wien, doch es fehlen die Flieger und alles, was damit zusammenhängt. Es ist schließlich nicht so, dass nachts jemand durch die Terminals geht und das Licht abdreht. Und ganz am Schluss des Rundgangs noch die Befeuerung der Start- und Landebahnen. Zu meiner Zeit haben die Menschen noch im Transitbereich gewohnt, ganze Familien sich über Jahre von Toblerone und Schlumberger Rosé-Sekt ernährt, stangenweise Duty-free-Zigaretten in erniedrigenden Raucherkammern vernichtet und auf Massagesesseln geschlafen, den Kopf in ein ergonomisches Nackenkissen geschmiegt, wann immer ihnen danach war, unbehelligt von den Durchsagen für verspätete Flieger und Passagiere, ungestört vom Brummen der Kehrmaschinen. Ich habe nur Nacht im Rücken, da wo ich den Flughafen vermute. Hinter der Straßenbeleuchtung sieht man noch ein paar Meter Feld, dahinter wiederum nichts mehr.

Es brennt bloß jede zweite Straßenlaterne. Selbst das kommt mir verschwendet vor. Momentan jedenfalls brennen sie nur für mich, und mir wäre jede dritte genug.

Ich laufe sicher schon eine halbe Stunde, mindestens, als ich zu meiner Rechten das Industriegelände sehe, das zu einem Chemiekonzern gehört. Dafür, dass dort Plastik hergestellt wird, riecht es hier nach wenig. Ich mochte es immer gern, bei der Fahrt mit der S-Bahn vom Flughafen kommend, kurz vor dem Eintritt in die Stadt, dieses Mad-Max-Gelände zu passieren, wo es aus den Rohren brannte und alles hochgefährlich aussah, obwohl natürlich nichts passieren konnte. Jeder noch so kleine Lapsus, wie damals, als ein Kanalrohr undicht war und etwas mehr Plastik als normal über die Schwechat in die Donau gekommen ist, wurde gleich ausgebessert, und zur Beruhigung der Bürger schnell eine unabhängige Studie gesponsert. Ein vorbildliches Unternehmen. Und jetzt steht es still. Die Metallrohre reflektieren das Licht nicht vorhandener Sterne. Da und dort blinkt eine Notleuchte, das war's. Am merkwürdigsten ist die Ruhe, nicht einmal die Bäume bewegen sich, die Blätter und Gräser haben aufgehört zu rauschen. Die Grillen halten den Atem an.

Das Gehen fällt mir nicht so schwer, wie ich befürchtet habe. Meine Beine sind müde, aber der Fuß macht mit. Wenn ich erst einmal in der Stadt bin, klaue ich mir ein paar anständige Schuhe, mit Fußbett und allem.

In einiger Entfernung tauchen nun doch Lichter auf; als ich näherkomme, sehe ich, es sind Kerzen. Sie werfen zittrige Lichtkegel an die Mauern des Zentralfriedhofs. Den muss ich jetzt auch noch passieren, aber dann, dann muss die Stadt der Lebenden beginnen. Ob ich den Übergang mitbekommen werde, frag' ich mich. Mit schlechten Vorahnungen halte ich mich nicht auf. Tor 2, das Hauptportal des Friedhofs, ist mit einer Kette verriegelt, die Tramstationen sind verwaist, das Kaffeehaus Concordia sieht aus, als wäre hier schon vor Wochen Sperrstunde erklärt worden, so sieht es allerdings immer aus, um das Kaffeehaus Concordia mache ich mir heute Nacht ganz sicher keine Sorgen.

Es ist gewiss nach Mitternacht. Ich hoffe schon seit geraumer Zeit, dass endlich ein Auto an mir vorbeifährt. Als eines kommt, springe ich in die nächstgelegene Hecke und bleibe eine gute Viertelstunde darin sitzen. Es bleibt bei dem einen Auto. Ich passiere auch den Haustierfriedhof, der mich im Gegensatz zum anderen immer melancholisch stimmt, und bevor ich es merke, bin ich mitten in der Stadt.

Es ist allerdings eine andere Stadt als die, die ich verlassen habe. Manches ist gleich, vieles ist nicht wiederzuerkennen, und selbst das, was bis in alle Ewigkeit festgebaut und eingemauert ist, ist dem, was eben noch war, fremdgeworden. Die Tramschienen laufen in zwei geraden Linien in die Stille hinein, um sich irgendwo im Unendlichen zu schneiden oder an der nächsten Weiche.

Gern würde ich jetzt etwas hören, das Summen eines Umspannwerkes oder einen Nachtbus, der gerade um die Ecke käme, mit müden Betrunkenen im Fenster, etwas Normales, mit dem ich mich auskenne. Momentan würde ich mich über einen marodierenden Schwarzbären allerdings auch nicht stärker wundern als über ein offenes Beisl, vor dem eine Gruppe Raucherinnen und Raucher steht.

Ich habe vergessen, Robert um ein paar Zigaretten zu bitten, wo ich doch seit kurzem eine Raucherin bin, die immer schon raucht. Erst jetzt begreife ich, was es wirklich bedeutet, Raucherin zu sein. Nichts macht uns Menschen so sehr aus wie der Mangel. Je unerträglicher uns etwas fehlt, desto näher sind wir uns. Nicht auszuschließen, dass das Erste, was ich stehle, eine Schachtel Zigaretten sein wird.

Über eine Kreuzung weit hinten am Horizont schieben sich die Lichtkegel zweier Scheinwerfer. Das zugehörige Auto lässt sich aus dieser Entfernung nicht ausmachen. Über einem Eckhaus lugt ein regloser Kran hervor, nur die Spitze, und ich fühle mich beobachtet. Ich senke meinen Kopf, damit man von oben nicht mehr sieht als einen missglückten Scheitel, und ich halte mich an den Riemen meines Rucksacks fest, als ginge es um was.

Alles steht still hier, alles liegt auf der Lauer. Um diese Zeit waren die Straßen auch vorher schon leer, aber jetzt sieht kein Fenster mehr so aus, als würde jemand dahinter Schlaf finden. Es wirkt ungefähr so, als würden die Bewohner am liebsten aus dem Fenster gucken, doch man traut sich nicht, also steht man bloß in der Nähe des Fensters, bei offenen Gardinen, bei gelöschtem Licht. Und man weiß nicht, wovor hat man eigentlich Angst. Dass man dabei gesehen wird, wie man was sieht, dass eine Kugel durchs Glas schlägt. Dass man selbst nach einer Feuerwaffe greift. Dass jemand von gegenüber auch am Fenster steht und dann weiß man nicht, wo man hingucken soll. Möglicherweise ist es auch bloß die Angst davor, dass wieder nichts geschieht und man mit dem Gefühl ins Bett gehen muss, vielleicht geschieht dafür dann morgen was, und morgen könnte es doppelt so fürchterlich sein.

Hinter jedem Fenster steht doch jemand, da bin ich plötzlich sicher, und vielleicht schaut jemand auf die Straße. Einem unregelmäßigen Muster folgend tauchen hinter den Fenstern Leute auf und wieder ab, merken sich, wer dort im Freien umhergeht, notieren Uhrzeit und besondere Merkmale, wer humpelt, wer raucht, wer läuft wohin, denn bestimmt kommt bald der Tag, an dem man berichten muss. Und dann ist es besser, man weiß etwas zu sagen, und wenn es bloß eine Richtung ist. Die Häuser halten den Atem an. Ich weiß nicht, ob es eine Ausgangssperre gibt.

Als ich den Kopf wieder hebe, hat der Kran sich gedreht. Das ist nur unheimlich, wenn man nicht weiß, wieso. Und ich weiß es. Kräne werden nicht fixiert, wenn die Baustellen stillstehen, sie müssen sich immer regen und bewegen können, sie sind im Windfrei. Im Windfrei ist ihre Schwenkwerkbremse locker und der Luftwiderstand gering, denn wer Widerstand leistet, kippt leicht einmal, was schade wäre um die Baustellen und alles Drumherum. Unheimlich ist eher, dass sich sonst nichts regt. Trotzdem lasse ich den Kran nicht zu lang aus den Augen.

Ich gehe nah an den Häusern entlang, so nah, dass ich mit der Schulter ein paarmal den Putz streife und ich die Namen auf Klingelschildern und Stolpersteinen lesen kann. Das heißt, auf den Klingelschildern stehen für gewöhnlich keine Namen, das habe ich an dieser Stadt immer gern gemocht, dass ich hier Top 12 sein konnte, später Top 25 und schließlich Top 29, ich habe mich mit jeder neuen Wohnung emporgearbeitet, nie im Erdgeschoss gelebt. Es ärgert mich, dass ich die Türnummern noch weiß. Jetzt kommen mir auch die ganzen alten Telefonnummern wieder ins Gedächtnis, sie lassen sich nicht aufhalten. Ich versuche es mit neuen Buchstaben gegen die alten Ziffern und lese, was auf den Klingelschildern eines großen Wohnhauses mit vielen Parteien steht. Die paar Namen, die doch dort angegeben sind, gehören oft zu den Vormietern. Man kann sich nicht darauf verlassen, dass sie noch immer stimmen. Aber was geht es mich an.

Ich hatte einen Menschen hier, den ich oft daheim besucht habe. Auf seiner Tür stand noch der Name der Person, die viele Jahre vor ihm dort gewohnt hatte. Jedes Mal musste ich überlegen, welche Klingel seine ist, war peinlich angespannt, wenn ich aus dem Lift stieg und nicht wusste, ob er mir öffnet oder einer seiner Nachbarn. Es war immer er, ich hatte immer richtig geraten. Aber zu dem Nachbarn wäre ich auch hineingegangen, wenn ich ehrlich bin, machte es keinen großen Unterschied.

Ich will mich nicht erinnern, aber in der Stadt kommt alles Gewesene zu mir zurück. Ich bin sicher, dass ich sein Haus wiederfinden würde, dass ich wieder richtig klingeln würde; was ich nicht weiß, ist, wer mir heute aufmachen würde. Sicher jemand Neues. Vielleicht hat er seinen Namen auf dem Klingelschild gelassen, als er ausgezogen ist. Es würde zu ihm passen, er hat gern gespielt, da etwas eingesteckt, dort etwas hinterlassen. Jetzt fällt mir sein Name ein, ein guter Name, unscheinbar, aber angenehm zu sagen und zu schreiben, Vor- und Nachname passen gut zusammen, man kann sie so aussprechen, als wären sie ein einziges Wort.

Aus einem Fenster am nächsten Straßenblock bauscht sich ein Vorhang, wie der Rock einer Braut, die noch nicht weiß, ob sie im entscheidenden Augenblick ja oder nein sagen wird. Es ist das einzige offene Fenster, es genügt, um die Ordnung der Straßen aus dem Gleichgewicht zu bringen. Ich möchte wissen, wer dahinter wohnt, wer mutig und schwachsinnig genug ist, sich nicht so dicht wie möglich einzumauern.

Die Nacht dauert hier so lang wie drei. Ich finde einen Schlafplatz, gerade rechtzeitig, als ich so müde werde, dass ich im Gehen die Augen schließe. Drei Schritte mit geschlossenen Augen, einer mit offenen, dann vier zu eins, dann fünf zu eins, dann laufe ich vor eine Bank. Die Bank steht genau zwischen zwei Straßenlaternen, und wenn ich mich drunter lege und nicht drauf, sieht man mich nicht. Ich schiebe mich zwischen den Bankbeinen hindurch. Zwischen den Planken drei mondlose Streifen Himmel.

Und als ich liege, den Rucksack um den Bauch geschnallt, damit er mir nicht wegläuft, schaue ich mich auf dem Boden um. Halb gerauchte Zigaretten gäbe es genug. Ich empfinde das als Provokation und schließe die Augen. Als ich sie wieder aufmache, ist die Nacht vorbei, dabei habe ich nur einmal geblinzelt. Ich schiebe mich wieder unter den Planken hervor, klopfe mich ab, und setze mich auf die Bank. Niemand da, dem etwas merkwürdig vorkommen könnte. Ich öffne meinen Rucksack zum ersten Mal seit Beginn der Reise und finde zwei Marmeladenbrote darin, eingewickelt in Butterbrotpapier, die Ränder symmetrisch nach unten gefaltet, und die Fürsorge fremder Menschen bestürzt mich einmal mehr. Marillenmarmelade, mit großen Fruchtstücken. Die Farbe lässt sich schwer beschreiben, ein sehr warmes und rostiges Orange, ich glaube, dass es in Roberts Wohnung einen Polsterbezug gleicher Farbe gab, aus grobem, weichem, altem Stoff. Die Brote schmecken sehr gut, die Nacht im Rucksack hat ihnen gutgetan. Ich esse alles auf.

Die Mülleimer sind allesamt unter Müllbergen verschwunden, Papier und Folie wehen über die Wiesen, kreiseln, nesten in den Kronen trauriger Bäume. Trotzdem bringe ich das Butterbrotpapier zu einem Müllberg, unter dem ich einen Mülleimer vermute, und lege das Papier auf anderes Papier. Ordnen tröstet. Ich bin Robert böse. Ich nehme sie ihm übel, diese Güte. Warum ist jemand so bedingungslos, was soll das, was geht vor in einem so fürsorglichen Fremden, frage ich und keiner antwortet. Ich verlange ein Gütegleichgewicht für die gesamte Welt, es soll niemand weniger bekommen, als er gibt, und vor allem nicht mehr. Wäre das so, wäre die Diebin keine Diebin, und sie wäre noch da. Und ich wäre weg, niemand müsste mir geheime Brote in den Rucksack packen, und die Müllabfuhr täte ihren Dienst. Es wäre aufgeräumt hier, und Tag und Nacht würden Züge verkehren. Wenigstens kleben mir nach der Mahlzeit die Finger.

Gut trainierte Cousins

Ich habe zwei dicke Wasserflaschen geklaut und eine Ecke gefunden, wo ich mir die Zähne putzen kann, direkt über einem Gully, im toten Winkel hinter einem Bürogebäude, das kein Mensch mehr braucht. Dort spucke ich leise, aber feierlich hinein, von weit oben, im Stehen. Ich putze mir jeden Morgen und jeden Abend die Zähne. Gründlich. Ansonsten verliere ich mich ganz.

Es ist noch sehr früh am Morgen. Aber dieser Tage ist es ständig sehr früh am Morgen. Es ist fünfzehn Stunden lang früh am Morgen, dann wird es Nacht. Weil die Tage nicht beginnen, es fährt keine Tram mehr, es läuten keine Schulglocken. Es geht niemand mehr zur Arbeit, außer denen, die für das Nötigste sorgen, und die machen dafür keine Mittagspausen mehr. Ich weiß nicht, ob Tischler noch gebraucht werden; ich denke nicht. Wir sind ja keine Ärzte oder Nahversorger, wir sind in kritischen Momenten ungefähr so notwendig wie ein Nagelsalon. Ich bin an vielen Nagelsalons vorbeigekommen. Manche hatten die Fenster von außen mit Pappe abgedeckt, und niemand hat Parolen darauf hinterlassen oder sich die Mühe gemacht, sie herunterzureißen. Das ist wirklich besorgniserregend.

Ich schaue an den Tramschienen entlang. Die Tafel an der nächsten Station zeigt keine Abfahrtzeiten an. Alle Garnituren sind im Betriebsbahnhof aufgereiht, ruhen sich aus von den langen Dienstjahren. Die Tramfahrer haben ihre Uniformen mit nach Hause genommen, gestärkt, eingemottet, sie werden bald wieder gebraucht werden. Ich weiß, es wird alles normal werden. Menschen vergessen, vor allem einander. Ich spüle mir den Mund aus und reinige meine Zahnbürste, ehe ich sie wieder in der Bauchtasche meines Kapuzenpullovers verstaue. Meinen Rucksack lasse ich nicht aus den Augen, dass er mir nur nicht stiften geht, während ich meinen heiligen Routinen nachgehe.

Ich habe die Wasserflaschen mit der gleichen Methode entwendet wie zuvor die Cola. Es gibt wenige Geschäfte, die offen haben. Manche haben private Sicherheitsleute oder einfach gut trainierte Cousins am Eingang platziert, so dass das bisschen Ordnung, das noch da ist, mit Hilfe von Einschüchterung durch körperliche Überlegenheit gewahrt wird. Ich wollte einen Laden finden, der ohne auskommt. Aber dann bin ich doch in den nächstbesten hineingelaufen. Vorbei am gut trainierten Cousin, drinnen recht geschäftig, Menschen laden Wagen voll, als stünde Weihnachten bevor. Ich sehe mich in Ruhe um. Auf den Gemüseregalen nur noch schlaffer Staudensellerie, eine ganze Kiste voller Blumenkohlgrün, das niemand auch nur geschenkt haben möchte, ein vollkommen unterschätztes Gemüse, und außerdem Knollen, die entweder besonders edle Kartoffeln darstellen oder Rote Beete, aber die edlen Kartoffeln sind ganz sicher längst aus. Käse kann man vergessen. Konserven eh. Ich finde keine Feuerzeuge, kein Trockenshampoo, alles Wichtige ist längst weg. Man sollte keine Einkaufslisten mehr schreiben. Ich sehe eine weitere Kulturpraxis den Bach runtergehen. Es ist nicht schade drum. Ich frage mich, ob es die Börse noch gibt. Wer reich werden will, dealt heutzutage mit Babynahrung.

Die Kühltruhen sind abgetaut und stehen finster umher. Es riecht nicht gut. Auch die anderen Menschen nicht. Ich bin noch einer der gemäßigteren Fälle, man kann es kaum glauben. Ich habe nicht aufgeschaut. Angst, erkannt zu werden, habe ich keine, seit ich Roberts Methode, sich in der Öffentlichkeit möglichst auffällig zu verhalten, auf keinen Fall aber unauffällig, für mich entdeckt habe. Allerdings habe ich nicht selbst in die Verlegenheit geraten wollen, ein bekanntes Gesicht zu sehen. Das ist meine einzige Sorge. Keine Musik, niemand hat geredet, niemand hat dem anderen auch nur ein halbes Kilo Nudeln gegönnt. Man war beschäftigt damit, seinen Wagen zu beäugen und ja nicht loszulassen. Am Ende habe ich den Laden mit den zwei Wasserflaschen, einer Handvoll Eiweißriegel für Leistungssportler und einem Dreierpack Zahnbürsten verlassen, der glücklich unter ein Regal gerutscht war. Ich bin schon lang nicht mehr heikel mit Dingen, die auf dem Boden lagen. Und die Zahnbürsten sind ja verpackt gewesen. Eine von ihnen habe ich nun im Mund, die anderen zwei könnte ich verkaufen, aber ich will kein Geld, nie wieder. Der gut trainierte Cousin hat nicht einmal mit der Wimper gezuckt, als ich hinausgegangen bin. Ich habe ihn angelächelt und nach einer Zigarette gefragt, die Wasserflaschen lässig unter den Arm geklemmt. Ich werde übermütig und bekomme beinah alles, was ich will.

Ich lege eine Hand auf die Tramschienen und spüre, wie sie sich an mir wärmen. Meine Hände legen ihre ganze Sehnsucht in diese Berührung, die keine ist, und ich merke, was mir wirklich fehlt, was mir abhandengekommen ist. In den Straßen begegne ich Menschen, sie gehen dem nach, was sie antreibt, und dann gehen sie nach Hause. Sie reißen sich zusammen, weil sie es müssen. Weil neben ihnen immer noch jemand anderer ist, den sie all dem nicht allein aussetzen können, jemand, dem sie versprechen, dass alles wieder in Ordnung kommen wird, auch wenn alles um sie herum das zu widerlegen scheint. Mir fehlt das Versprechen und jemand, der es mir abnimmt. Ich ziehe die Hand wieder zurück zu mir und sehe sie an wie die Hand einer Fremden.

Ich folge den Tramschienen den halben Ring entlang. Im Volksgarten ist nur ein einziger Mensch, er beschneidet die Rosensträucher mit einer schlanken Heckenschere. Ich sehe ihm eine Weile zu, durch den Zaun hindurch. Er ist geübt in seinen Bewegungen, zögert nicht lang, ehe er die Schere ansetzt und zudrückt. Seine Hände sind streng und voller Hingabe. Seit langem habe ich zum ersten Mal den Eindruck, dass jemand genau weiß, was er tut, und auch warum. Um ihn herum versammeln sich die Krähen. Er lässt sich nicht stören. Die abgeschnittenen Blätter und Zweige fängt er auf und lässt sie in seinen Westentaschen verschwinden. Ganz ausgebeult sind sie. Er trägt keine Handschuhe beim Gärtnern, dabei haben die Rosen ganz sicher Dornen, da ist nichts weggezüchtet worden. Ich traue mich nicht, genauer hinzuschauen, als er die Hände zu Fäusten ballt und den Beschnitt fest in Taschen stopft. Es ist eine dieser Westen mit Taschen rundherum, mit denen man auf Safaris geht. Er greift in eine andere Westentasche und wirft den Krähen etwas hin.

Am Burgtheater werden keine neuen Stücke beworben. Die Tafel, auf der immer stand, was am Abend gespielt wird, zeigt noch immer das Stück des Tages an, an dem ich von hier weggegangen bin. Der Titel sagt mir nichts, ich war schon seit Jahren nicht mehr im Theater und noch nie gern. Dabei ist das Theater eine gute Umgebung für Tischlerinnen, am Bühnenbild wird nicht gespart, so schlecht kann es um die Kunst gar nicht bestellt sein, dass ausgerechnet dort gestrichen wird. Einem Theater, das etwas auf sich hält, ist die Ausstattung viel wert. Ich wollte lieber richtige Möbel fertigen, auf denen richtige Leute sitzen, an denen sie richtig essen, in die sie richtige Bücher einsortieren. Ich wollte nie etwas anderes machen als Gebrauchsgegenstände. Mir fällt die Kommune wieder ein, die falschen Telefonkabel und Steckdosen, und das Bild, das ich von mir habe, entgleitet mir.

Die Fiaker und Fiakerpferde haben endlich frei und ich hoffe von Herzen, es geht ihnen gut. Die Stadt ist weiter geworden, so als hätte sie den obersten Knopf einer zu engen Jeans aufgemacht: keine Verkaufsstände vorm Rathaus, keine Menschentrauben vorm Parlament, man kann in der Mitte der Ringstraße gehen, die wenigen Autos, die noch fahren, weichen ohne Aufregung aus. Natürlich muss ich es ausprobieren. Alle sehen mich, niemand weiß, wer ich bin. Ich habe ein endloses Vertrauen in meine eigene Unkenntlichkeit.

Am meisten wundere ich mich über das, was noch funktioniert. Ein Würstelstand hat offen und schaut wie immer aus, es sind weder zu viele noch zu wenige Kunden da. Vier Leute stehen an zwei Tischen, sie trinken Bier und reden. Ich frage den Würstelverkäufer, ob ich eine Pfefferoni haben kann, und er angelt mir eine extra lange aus dem Glas. Ich sage nicht dazu, dass ich kein Geld habe. Er sagt nicht, wie viel sie kostet. Wir sehen einander kurz an, dann dreht er sich um, wendet Würstchen und wischt die Arbeitsplatte ab.

»Danke«, sage ich zu seinem Rücken. Er hört mich nicht.

Der Pizzastand daneben ist rundherum mit Spanplatten verkleidet. Ich lehne mich dagegen und esse. Unter den Spanplatten kommt eine Maus hervor, sie hastet, ohne sich nach mir umzusehen, über die Ringstraße und taucht in den Tramgleisen ab. Ich laufe weiter in Richtung Schwedenplatz, wo der Fähranleger ist. Ich kann mich wieder an alle Gesichter erinnern, an den runden Bauch vor mir auf dem Steg, an die promiskuitiven Studierenden, an die Frau, die Prospekte verteilt hat. Ich halte es für ungerecht, dass das Personal bei Unfällen im Nah- und Fernverkehr immer mitverunglückt. Wir hatten immerhin eine Wahl, wir sind bloß zum Vergnügen an Bord gegangen. Mir wird schummrig, ich halte mich an einem Stromkasten fest. Ich schließe die Augen. Das hätte ich nicht machen dürfen, ich bekomme sie nicht mehr auf. Meine Hand wird kalt und schwitzig. Ich erinnere mich, als ich das letzte Mal bewusstlos geworden bin, da hatte ich Glück. Man kann nicht zweimal darauf hoffen, dass einen jemand findet. Ich merke, wie mir jemand an den Rucksack greift. Geschickt und sanft werden meine Arme aus den Riemen herausgebogen. Wer das macht, hat sicher schon oft und unter Gegenwehr Kleinkinder in Anoraks verpackt und wieder hinausgewickelt. Oder einen Pflegeberuf erlernt. Wer pflegt, weiß genau, wie erstaunlich biegsam so ein menschlicher Körper ist, wenn man nur beherzt in die richtigen Gelenke greift. Eine Hand an meinem Ellbogen dirigiert und dehnt mich, dann wird es leicht auf meinem Rücken, so leicht, dass ich den Eindruck habe, abzuheben. Der Boden hält mich nicht mehr. Ich spüre meine Füße nicht. Die Arme hängen hinunter, die Schultern sind ratlos, ihrer Aufgabe beraubt. Ich weigere mich, die Augen zu öffnen. Ich möchte dem Dieb, der Diebin nicht die Blöße geben, gesehen zu werden. Nicht diesmal. Ich bin kein völlig schlechter Mensch, mir liegt noch etwas an meinem guten Benehmen. Schritte entfernen sich. Sie haben keine Eile. Als ich die Augen wieder öffne, ist niemand weit und breit zu sehen, aber meine Füße sind noch da, beide fest auf dem Boden, der Boden hält, ich habe noch immer die alten, unbequemen Schuhe an. Ich kann am Ende der Straße den Mauervorsprung erkennen, bei dem es zum Donaukanal hinabgeht. Ich setze mich mit Bedacht in Bewegung. Besonders gut ist mir nicht.

Der Kanal ist leer. Keine Boote, keine Schiffe, keine Lokale, keine Radfahrer, keine Fußgänger. Ich gehe auf eine Brücke und schaue hinunter. Vom Fluss ist nur mehr eine graue Schneise übrig, links und rechts einbetoniert. Der Zugang zur Promenade ist mit einer gut drei Meter hohen und sehr ernst gemeinten Barrikade versperrt. Rundherum ist Stacheldraht gespannt. Ich denke an den Volksgärtner, wie er die Faust ballt, sie in seiner Westentasche in die Dornen drückt. Ich bin bereit für jede Art von Schmerz, ich weiß, es wird so schlimm nicht werden. Am Ende habe ich bloß einen Kratzer an der Innenseite meines Oberschenkels. Keine sehr angenehme Stelle für eine Schramme, aber es blutet nicht sehr, und ich habe großes Vertrauen in die Staatsgewalt, dass sie für ihre Barrikaden sterilen Stacheldraht verwendet.

Satisfaktion, sage ich zur Uferböschung.

Marianna

Ich habe den Kanal für mich allein. Niemand stört mich beim Alleinsein, höchstens ich selbst. Meine Schultern haben breite, rote Striemen. Ich schiebe mir den Halsausschnitt meines Pullovers übers Schlüsselbein und bewundere sie. Wie sehr man alles Abwesende mit sich herumträgt.

Am Fähranleger gammeln Blumen. Kurz nach der Sache muss der Weg hier noch zugänglich gewesen sein. Ich versuche, mir vorzustellen, wer die Blumen abgelegt hat. Und ob sich etwas verändert hat dadurch. Ob man seine schöne Seele dann etwas leichter heimgetragen hat, denn man hat etwas getan. Die Blumenleger konnten vielleicht zum ersten Mal seit einer Weile wieder Ruhe finden.

Die Blumen aus Plastik sind ausgeblichen. Manche hat der Wind weggetragen, sie sind in einer Nische im Gemäuer zur Straße hin hängen geblieben. Niemand weiß, wie viele Blumen ertrunken sind. Beziehungsweise abgetrieben. Vielleicht sind sie in den Auen in einen Nebenarm gedriftet, hängen dort nun in den Schlingpflanzen am Ufer bis ans Ende der Zeit.

Auf der Mauer sind Plakate angebracht. Sie zeigen Porträtaufnahmen aller Schiffspassagiere und des Personals. Ich habe einige von ihnen noch nie gesehen, aber die meisten Gesichter kommen mir wieder ins Gedächtnis zurück, als ich sie sehe. Der dicke Bauch heißt Viktor. Du bleibst jetzt für immer so jung, Viktor, denke ich. Die Marinefrau heißt Marianna und hat einen sehr anmutigen, etwas zu langen Nachnamen, ich lese und bewundere ihn, dann habe ich ihn schon vergessen. Man hat uns geordnet, jedem Gesicht seinen Platz zugewiesen. Ich weiß nicht, nach welchem Prinzip, aber ich bin sicher, dass es ein System gibt. Vielleicht Postleitzahlen. Familienangehörige hängen nebeneinander. Auch Kinder sind dabei. Manche sind noch klein. Sie waren so leise an Bord, ich habe sie beinah gar nicht bemerkt. Der Kapitän trägt auf dem Bild seine Kapitänsmütze, sie sitzt ein wenig schief. Er trägt sie mit Stolz. Er füllt seine Uniform aus, der Stoff spannt ihm um die Brust. Ich möchte seine Mütze geraderücken. Ich möchte alles geraderücken, die Plastikblumen in die Vasen zurückstellen, die bis auf den letzten Rest heruntergebrannten Kerzen wieder anzünden. Aber ich lasse alles unberührt.

Mein Bild hängt ganz in der Mitte. Das Foto kommt mir nicht bekannt vor, Lin muss es gemacht und mir nie gezeigt haben. Es bildet eine Person ab, die auf eine mir fremde Weise glücklich aussieht. Ich kann mich nicht erinnern, je so gelächelt zu haben. Es ist aus einem eigenartigen Winkel aufgenommen, leicht von unten. Mein Kinn sieht trotzdem völlig in Ordnung aus. Ich finde es auch völlig in Ordnung, dass es das ist, woran ich zuerst denke, und nicht etwas anderes. Das Bild ist nicht alt, aber neu kann es auch nicht sein. Es muss im Sommer gewesen sein. Aber ganz sicher nicht in diesem. Ein Name steht dabei und ein Geburtsdatum. Es steht auch dabei, was ich an dem Tag getragen habe. Lin hat sich richtig erinnert, ich dagegen weiß nicht einmal mehr, wie ich an diesem Tag die Wohnung verlassen habe. Wir könnten uns geküsst haben, wenn, dann war es beiläufig, es hat nichts bedeutet, niemandem.

Ich lächle mich an. Eine fehlt an der Wand, ihr Gesicht wird für mich dasjenige bleiben, mit dem sie sich von mir verabschiedet hat, nachdem sie an Bord gegangen ist. Dann kehre ich dem Anleger den Rücken.

Ich halte mich dicht an der Mauer, während ich den Treppelweg am Kanal entlanggehe. Die U-Bahn-Schächte dahinter sind schon lang verriegelt. Sie beherbergen jetzt Tiere, die weniger störanfällig sind als wir. Von oben könnte man mich natürlich trotzdem sehen. Vom anderen Ufer oder einer der Brücken.

Hier am Wasser ist es windig. Ich ziehe mir die Kapuze über die Ohren und setze mich auf eine der Treppen, die geradewegs in den Fluss hineinführen. Ich sehe Lin vor mir, drei Stufen tiefer, sie trinkt Wein aus der Flasche, es ist Sommer, sie holt ihr Handy aus der Tasche und macht ein Bild. Von der Flasche rinnt Kondenswasser. Das Etikett ist aufgeweicht und verrutscht. Ich weiß nicht, lächle ich wegen der Kamera oder weil ich glücklich bin, oder bin ich glücklich, weil sie mich sieht. Auf dem Foto wird man keinen Unterschied erkennen. Jetzt sind die Stufen bloß Stufen. Das Wasser steht still. Wie immer. Menschen, die sagen, sie seien gern an Flüssen, denn das stetige Fließen ließe sie zur Ruhe kommen, können in Wahrheit noch nicht viel Zeit an einem verbracht haben. Sie können sich den Fluss nur vorstellen, kennen ihn vom Hörensagen, ihre Flüsse sind symbolische Flüsse, vielleicht ist das besser. Alles, was sie von Flüssen wissen, ist, dass sie fließen.

Ich lasse den Blick zum anderen Ufer hin schweifen. Da geht jemand den Treppelweg entlang, genau wie ich zuvor dicht an der hohen Mauer, die den Donaukanal von der höher gelegenen, noch immer bewohnten Stadt abgrenzt. Es ist eine Frau, die da geht. Sie hat mich noch nicht angesehen, sie hat nicht in meine Richtung geschaut. Ich beobachte sie, wir beide sind zaghaft geduckt und jederzeit fluchtbereit. Ich denke, sie weiß, dass sie gesehen wird, und hofft, dass meine Augen ihr nichts wollen. Genauso geht sie. Sie trägt nichts bei sich. Keine Tasche, keinen Rucksack. Nur sich selbst. Es scheint, als wäre das schwer genug. Sie läuft geradeaus, als hätte sie eine Mission. Dann geht sie unter einer Brücke hindurch und am anderen Ende kommt sie nicht wieder hervor.

Aus dem Fluss steigt eine Kälte auf, die von tief unten kommt. Eine alte Kälte, die noch da sein wird, wenn wir alle fort sind. Sie berührt mich an den Zehen zuerst. Sie ist sehr sanft, weiter als bis zum

Schienbein kommt sie nicht. Ich bleibe hier noch eine Weile sitzen. Ich studiere die Wirbel an der Oberfläche. Wenn man nur kurz hinsieht, liegt der Kanal da wie ein glattgestrichenes Laken. Wenn man lang genug hinsieht, setzt das Wasser sich doch in Bewegung. Nach einer Weile fallen einem die Unebenheiten auf, die Fältchen und Dellen. Unter der Wasseroberfläche liegt nochmal eine ganze Stadt, nur verkehrt herum, nach innen gestülpt. Aus dem ganzen Zivilisationsmüll dort im Kanal können die Archäologen der Zukunft uns vollständig wieder zusammensetzen. Die Verkehrswende hat längst stattgefunden, nur sieht sie niemand: versenkt werden Fahrräder, Roller, Rollstühle, Rollschuhe und Schuhe. Autos werden nicht versenkt. Im ganzen Donaukanal wird man keines finden, davon bin ich überzeugt. Wenn doch, wird man sich wundern. Aber eine Reinigungsaktion, bei der man nicht dutzendfach ineinander verknotete Fahrräder an Land gezogen hat, die hat es hier noch nie gegeben, angereichert mit Parkbänken und Einkaufswagen und ein paar exzentrischeren Sachen, zum Beispiel Baugeräten. Was einmal da war, bleibt, es verändert nur seine Form, rostet, setzt sich fest, wird zum Bodensatz.

Ich sollte nicht zu viel ins Wasser schauen.

Ich bekomme nicht mit, wie ich aufstehe und mich wieder in Bewegung setze, weiter den Weg zwischen Wasser und Stadt entlang. Ich bin zuletzt so viel gelaufen, meist ohne Plan und Ziel, dass das für meinen Körper der Normalzustand ist. Seit ich aus Roberts Gefährt ausgestiegen bin, bin ich rastlos: Ich liege oft bloß da, nicke manchmal im Sitzen ein, aber ich kann meine Beine nicht mehr dazu bringen, mit dem Laufen aufzuhören. Selbst wenn ich innehalte, trippeln meine Füße auf der Stelle. Nachts zucken meine Beine. Ich wache aus jedem Halbschlaf auf, weil ich im Traum über etwas stolpere, in eine Grube trete oder umknicke. Meine Beine sind müde, doch sie lassen sich partout nicht aufhalten. So laufe ich ohne mein Zutun stadtauswärts. Der Weg wird bald grüner. Ich komme an einem Mirabellenbaum vorbei, die überreifen Früchte liegen überall herum und duften recht nostalgisch. Irgendwann stehe ich vor einem neuerlichen Zaun, noch mehr Stacheldraht. Der Zaun steht mir mitten im Weg. Diesmal fordere ich keine Satisfaktion. Ich würde doch gern in die Stadt zurück, nur weiß ich nicht wie. Am Ende werde ich über den alten Baum auf die Mauer klettern, am anderen Ende auf der Rossauer Lände herunterhüpfen und bei alldem kein gutes Bild abgeben.

Und ohne es zu beabsichtigen nähere ich mich den Orten, die ich kenne. Ich mache einen weiten Bogen um das Haus, in dem Lin wohnt, wenn sie noch immer da ist, wenn es sie noch gibt. So gehe ich nicht den kürzesten Weg in Richtung Werkstatt. Aber ich gehe ja auch sonst nie den kürzesten Weg.

Biber im Gemäuer

Momentum, denke ich, und dann sage ich es, einmal leise, einmal fest. Die Türe ist verriegelt. Momentum, sage ich noch ein drittes Mal, und mache den Kundenfehler, ich werfe mich mit meinem vollen Gewicht in die Tür, die Schulter voran. Da stehe ich nun mitten in der Werkstatt, stehe im Staub. Im Staub sind die anderen alle anwesend, partikelweise, Milo ist da, in jeder Ecke, auf jeder Platte. Abgesehen vom Staub ist die Werkstatt verlassen. Ich muss nicht rufen oder nachsehen. Manche Räume sind so leer, dass man es einfach weiß.

Ich mache mir als erstes einen Tee. In den Bechern tote Fliegen und noch mehr Staub, das kommt davon, wenn man sich als Tischler zu fein ist, sich um ein anständiges Regal für die eigene Küche zu bemühen; ich nehme meinen Ärmel, um alles, was ich anfassen muss, einmal abzuwischen. Wir trinken hier keinen guten Tee, aus Prinzip nicht. Wir haben uns bewusst dagegen entschieden, auch wenn wir nie darüber gesprochen haben. Milo hatte mal einen besonderen Schwarztee bekommen von einem Nachbarn, der wollte, dass Milo ihn gern hat. Hat nicht geklappt. Die Teedose stand lange unberührt, dann war sie weg.

Also nehme ich einen Beutel Ostfriesenmischung, ein anständiger Tee, der ganz normal schmeckt, wenn auch etwas zu stark. Selbst wenn man ihn nur kurz ziehen lässt, ist er zu stark. Das ist seine einzige Eigenschaft, die ihn von anderen Teesorten absetzt. Mit Milch und Kandiszucker schmeckt er sogar gut, aber wozu die Mühe. Aus dem Wasserhahn sprotzt es, aber dann fließt das Wasser wie immer, und ich setze den Kessel auf, und der Herd funktioniert noch. Ich öffne die Kühlschranktür und mache sie schnell wieder zu. Zum Glück ist innen kein Licht angegangen.

Es riecht nach Kiefer. Jemand hat einen Haufen Sterne gefräst, sie liegen in einer Kiste, die wiederum mitten im Weg liegt. Sie müssen noch weiterverarbeitet werden. Nicht einmal die Kanten sind abgeschliffen. Die Werkstatt sieht aus, als wären sie alle auf Mittagspause gegangen und nicht wiedergekommen. Im Haus ist es still. Keine Leitungen rauschen. Niemand stiefelt über die Dielen.

Von meiner Schriftstellerkommune fehlt jede Spur. Ich war fertig. Ich habe alles richtig gemacht, und ich bin sicher, Milo hat für meine Arbeit großes Lob bekommen, und es gab am Ende wieder einen mehr, der wollte, dass er ihn mag. Meine Lupe und die Pinzetten liegen nicht mehr auf der Werkbank, ich habe überhaupt keine Spuren hinterlassen. Es hat mich vielleicht nie gegeben.

Ich setze mich an Milos Schreibtisch. Ich bin jetzt Chefin hier. Durch das Fenster zur Straße hin sieht man nur mehr ein Stück Gehweg. Sauber sind sie, die Straßen, und das Fenster ist schmutzig, bald ist es blind.

Mit den Fingerspitzen fahre ich an den Plastikboxen entlang, in denen sich Schrauben verschiedener Größen und Qualitäten befinden, Nägel und Holzdübel und andere Dübel auch. Sie sind durchnummeriert und auf den Etiketten ist eine Bleistiftzeichnung des jeweils in der Kiste befindlichen Materials. Ich habe nie gefragt, wer das gezeichnet hat. Ich fahre auch an den neuen Hölzern entlang, die letzte Lieferung lehnt an der stehenden Säge. Sogar die Bretter haben Staub angesetzt, er sitzt in jeder Holzfaser. Sie tragen einen Grauschleier. Ich weiß nicht, warum ich in den unpassendsten Momenten an Bräute denken muss. Meine Fingerspitzen werden schmutzig, wir alle verstauben. Ich fahre mir einen Splitter ein, am linken Zeigefinger. Kurz zögere ich, dann schiebe ich ihn tiefer unter die Haut, bis er nicht mehr zu sehen ist. Mit dem Daumen reibe ich über die Stelle. Es tut weh, aber nicht sehr.

Der Raum ist doch nicht leer.

Kein Raum, in dem mal jemand war, ist leer.

Irgendwo klappert und rattert es. Als wären die Schrauben und Nägel aus einem langen Schlaf erwacht. Das Geräusch kommt aus einer der Plastikboxen, ich lausche hin, das Ohr dicht am Regal. Ich ziehe einige Kisten heraus, das Geräusch ist noch da, es sitzt nah an der Wand. Eine Schachtel fällt mir aus der Hand, ich kann nichts greifen, nichts halten, ich zittere. Dünne, silberfarbene Schrauben klimpern auf den Boden. Das war mal eine Werkstatt. Man muss jetzt nicht mehr Ordnung halten. Weil niemand es verbietet, leere ich eine Schachtel Nägel hinterher, langsam, so dass sie beinah einzeln herausfallen. Dann bekomme ich ein schlechtes Gewissen und kehre mit den Handkanten alles wieder auf. Ich verteile das Gemisch aus Nägeln, Schrauben und Staub gleichmäßig auf die zwei leeren Schachteln und verstaue sie. Entschuldigen kann ich mich immer noch, wenn's jemand merkt.

Dann bekomme ich ein noch schlechteres Gewissen und sortiere alles wieder richtig ein. Puste die Schachteln einmal aus, damit der Staub sich selbst sein Plätzchen sucht.

Das Geräusch hört nicht auf, aber es wird immer abwesender. Mittlerweile kommt es aus dem Nebenzimmer, einem Raum, der seit jeher keinen speziellen Zweck hat und der deshalb für alles Mögliche herhalten musste. Er wird von allen nur das Nebenzimmer genannt. Die Türe könnte man übersehen. Er war drei Wochen Schlafplatz für eine Kollegin, als sie sich mit ihrem Freund überworfen hat, wobei sich der Freund in der ganzen Situation wohl kaum durch Anstand und Würde ausgezeichnet hat. Milo hatte behauptet, da wäre eh ein Bett, und hat in der Zeit, während sie zuhause ihre Kleidung gepackt hat, schnell eins organisiert, montiert und mit frischen Laken bezogen, als wäre es das Selbstverständlichste und sie überhaupt die Einzige, die noch nicht auf den Trichter gekommen sei, dass es in der Werkstatt ein veritables Gästezimmer gebe. Das Bett hat sie dann in die neue Wohnung mitgenommen, als wäre es das Abwegigste, dass man in einer Werkstatt, vor allem dieser, ein Gästezimmer bräuchte. Was nun in dem Zimmer ist, weiß ich nicht genau. Ich sollte nachsehen, doch lasse ich mir lieber Zeit. Ich gehe wieder an Milos Platz, lege die Füße auf den Schreibtisch, trinke meinen Tee. In den Ritzen im Boden unter mir sammelt sich alles, was gewesen ist. Auch ich bin da irgendwo. Zum ersten Mal bemerke ich, dass ich noch da bin. Ich suche eine Büroklammer und finde keine. Ein paar Minuten später werde ich mir bei dem Versuch, etwas aus den Bodenritzen wieder hervorzuholen, nicht mal einen Splitter einfahren, aufgeben und mich wieder an den Schreibtisch setzen. Ich bin müde. Ich weiß nicht, wovon. Ich spüre meinen Körper nicht, zugleich spüre ich ihn sehr.

Das Geräusch ist zu einem ungeduldigen Schaben und Schleifen geworden, nicht direkt aufdringlich, ausblenden lässt es sich allerdings auch nicht. Ich weiß, ich sollte Angst haben. Aber da ist nichts. Ich werde bald aufstehen und zur Türe gehen, ich werde die Klinke langsam herunterdrücken. Nicht, weil ich selbst Angst hätte, das ist lang vorbei. Ich möchte nur nicht leichtfertig eintreten, nicht leichtfertig über die Schwelle gehen. Ich möchte mich ankündigen. Ich weiß, wenn es meine Diebin noch gibt, wenn es sie jemals gab, dann wartet sie auf mich. So muss es sein.

»Na endlich«, wird sie sagen, »endlich.«

Sie wird mich ansehen wie jemanden, der lange auf sich warten ließ, aber es gab nie den geringsten Zweifel, dass er auftauchen wird. Ich werde sie fragen, woher das Geräusch kommt.

»Biber im Gemäuer«, wird sie sagen. »Ich hab' sie mitgenommen. Vom Fluss. Und eingeladen, damit sie dich anlocken. Wir haben hier gemeinsam auf dich gewartet. Ich bin eine umgekehrte Rattenfängerin. Ich bin alles, wofür du mich hältst, nur verkehrt herum.«

»Dann müssten die Biber noch da sein.«

Sie wird mit den Schultern zucken und sagen, ja, das sind sie auch, du kannst sie bloß nicht sehen. Aus den Wänden wird ein letztes Schaben kommen, dann wird es wieder still werden. Wir werden uns beide auf die Couch setzen, denn es wird eine Couch geben. Wir werden hineinsinken und ein bisschen reden, dann schweigen, dann frage ich, wie es weitergeht.

»Ich weiß, wo wir hinkönnen«, wird sie sagen. »Fass mal mit an.«

Gemeinsam werden wir das Regal mit den Schrauben und Dübeln auf die Seite schieben, in den Gang hinein. Einiges wird herausfallen, das Regal wird kippen und schwanken, ich werde denken: hier hat jemand keine sonderlich gute Arbeit geleistet. Wir werden eine Wand freilegen. Dahinter ein Schlund, ein Loch. Ich werde nicht überrascht sein.

»Na dann«, werde ich sagen.

Sie wird mir nichts entgegnen.

Ich werde auch nur sprechen, um zu sprechen.

Es wird darin zu hoch sein, um zu kriechen, zu niedrig, um zu stehen. Wir werden gebückt gehen, sie wird voranlaufen. Bald werde ich nichts mehr sehen. Zunächst wird es bergab gehen, dann wird der Weg eben werden. Ich werde ein Tropfen hören. Der Hall wird den Gang entweder höher erscheinen lassen, als er ist, oder er ist tatsächlich höher geworden. Die Luft wird feucht sein und kühl, die beste Luft seit langem.

Etwas wird surren, als gingen wir unter einem Umspannwerk hindurch. Erst wird das Geräusch lauter werden, dann leiser, dann werde ich nur noch Schritte hören. Wir werden gehen und gehen. Ich werde mich nicht umdrehen. Ich werde meine Arme nicht ausstrecken, ich werde nicht nach den Wänden tasten, und ich werde nicht wissen, ob ich die Augen geöffnet oder geschlossen habe. Wenn wir beide laufen, werden unsere Schritte nicht zu unterscheiden sein. Hin und wieder werde ich stehenbleiben, um sicherzugehen, dass ihre noch da sind. Sie werden noch da sein.

»Du kannst jetzt aufrechtgehen«, wird sie nach einer Weile sagen.

»Ich gehe die ganze Zeit schon aufrecht«, sage ich dann. »Ich habe es bloß nicht gemerkt.«

Sie wird lachen. Von weit hinten im Tunnel wird ein Geräusch zurückkommen, das wie ein Keckern oder Bellen klingt. Wir beide werden es ignorieren und weiterlaufen, tiefer. Es wird nur noch eine Richtung geben.

Sie wird mir weit voraus sein, den Schritten nach.

»Bleib stehen«, werde ich sagen. »Nur kurz.«

Ihre Schritte werden aufhören. Die Dunkelheit wird größer werden.

»Bist du noch da?«, werde ich fragen. Meine Stimme wird dünn klingen und auf keinen Widerstand treffen, so als wären alle Wände weg.

»Gleich hier«, wird sie sagen, und dann höre ich es tatsächlich, wir sind nicht weit voneinander entfernt.

Jetzt beginnt etwas. Ich merke es deutlich. Ich strecke die Hand aus, sie streckt die Hand aus. Wir berühren uns schon fast, gleich ist es soweit. Ich spüre, wie sie näherkommt. Irgendwo spült gerade Wasser um die Wurzeln vieler Bäume, zwei Landschaften halten sich aneinander fest.

EPILOG

Lin hatte sich die Stadt so ganz anders vorgestellt, wenn auch nicht schlimmer. Vor allem hatte sie nicht mit solch steilen Hügeln gerechnet. Weshalb Miriam sich die Limousinen ansehen wollte, die um den Parkplatz vorm Casino herumkreisten, war ihr schleierhaft gewesen. Es hatte einen Moment gegeben, an dem sich ihre Stimmung spürbar auf einem Kipppunkt befand. Wenn Lin sich darüber lustig gemacht hätte, dass Miriam auf dem Weg zurück in die Ferienwohnung noch in Monaco anhalten wollte, wäre das vielleicht zu viel gewesen. Miriam war ihr noch nicht vertraut genug, um so etwas gut abschätzen zu können, und Lin hatte keinerlei Interesse daran, ihre Beziehung fahrlässig auf Belastungsproben zu stellen, die man mit etwas Kompromissbereitschaft auch vermeiden konnte.

Sie hatten den Tag in Menton verbracht, am Strand gelegen und gelesen; es war ein guter Tag gewesen, vielleicht der beste des gesamten bisherigen Urlaubs. In der Stadt hatte es nach Zitronen geduftet. Oder aber sie hatte sich das bloß eingebildet, weil überall Zitronenprodukte verkauft wurden, Olivenöl mit Zitronen und Seife mit Zitronen, selbst die Tischdecken in den Bistros hatten ein Zitronenmuster.

Lin hatte sich einen Strohhut mit breiter Krempe gekauft, der ihr viel besser gefiel, als sie sich eingestehen wollte, und der sie mit ziemlicher Sicherheit vor einem Sonnenstich bewahrt hatte, noch ehe die

Kopfschmerzen losgingen. Wenn es nach ihr gegangen wäre, wären sie danach zurück ins Apartment gefahren. Lin hatte sich nach dem Schwimmen im Meer nicht duschen wollen, obwohl es an den Rändern der Sandstrände keinen Mangel an Gelegenheiten gab. Es grauste ihr vor den moosigen Steinplatten unter den Brausen und dem kalten Wasser, und es kam ihr viel zu intim vor, sich vor den anderen Badegästen zu waschen, obwohl sie selbstverständlich ihren Bikini anbehalten hätte und keinerlei Probleme damit hatte, stundenlang darin in der Sonne zu liegen, unter aller Augen, die sowieso nicht hinsahen. Aber duschen, duschen war viel privater. Wenn sie sich vor Leuten duschte, dachte sie ständig darüber nach, was sie da machte, ob sie sich da zu gründlich und dort nicht gründlich genug wusch, zu viel hiervon und zu wenig davon verwendete.

Jetzt stand sie hier mit salziger, nach Meer und Sonnencreme duftender Haut, in Monaco vor einem Eisstand, die Waffel mit einer Kugel Pistazieneis in der Hand, und es gelang ihr nicht, das Ganze absurd zu finden. Überhaupt fiel es ihr immer schwerer, diese abgeklärte Distanz zu wahren, die sie lange für eine ihrer grundlegendsten Eigenschaften gehalten hatte. Die leise Ironie, das stoische Aushalten von Sachen, die anderen Leuten Vergnügen bereiteten. Und wie sie es hasste, Spaß zu haben, insgeheim. Jetzt war all das einer genügsamen Langeweile gewichen, und sie liebte die Langeweile, die sie an Miriams Seite hatte. Es war eine Atombunker-Langeweile, ihr größtmöglicher Schutz.

Miriams Stimmung war längst drei Tonlagen höher gestiegen. Ihr Eis, kunstvoll aufgetürmt, drohte ihr jeden Augenblick aus dem Hörnchen zu kippen. Sie gab sich auch keine sonderliche Mühe mit der Balance. Sie aß so langsam, immer aß sie so langsam. Lin gab sich Mühe, nicht hinzuschauen. Zehn rote Cabriolets später holte sie noch einen Schwung Servietten vom Eisstand, nur zur Sicherheit und ohne dass Miriam davon etwas mitbekam. Mit großen Augen sah Miriam die Bentleys und Jaguare an, die ihre Runden drehten. Hier hatte überhaupt nichts aufgehört, sich zu drehen. Manche Wagen waren schon so oft an ihnen vorbeigefahren, dass man den Eindruck bekam, in einer ziemlich elaborierten, nicht ganz gleichförmigen Zeitschleife gefangen zu sein. Die Szene hatte insgesamt etwas von einem Angsttraum, und das Schlimmste war, dass Lin sich nicht fürchtete. Wortlos reichte sie Miriam eine Serviette, das Logo des Eissalons leuchtete türkis in der einen Ecke. Miriam warf die Spitze des Eishörnchens in den Müll und die restlichen Servietten hinterher. Sie umarmte Lin, fest und übermütig und etwas klebrig, und Lin umarmte zurück, immer umarmte sie zurück. Die Autos ließen sich bereitwillig vorführen für ihr Publikum aus Kindern, Kennern und Touristen. Wer ein Verdeck hatte, faltete es zurück. Wer einen Ellbogen hatte, lehnte ihn aus dem Fenster. In den Pflastersteinen hielt sich die Hitze des Tages.

Als Miriam fertig war mit Schauen, folgten ihnen lange Schatten den Berg hinab. Lin spürte jeden Schritt. Sie hatte die bequemen Schuhe heute im Apartment gelassen und sich für ein paar Sandalen mit halbhohem Absatz entschieden, die noch nicht richtig eingelaufen waren. Sie spürte, wie sich an der Außenseite ihres Fußes eine Blase bildete, aber sie wollte sich nicht beklagen, über gar nichts, nicht hier. Sie hielt sich an Miriams Ellbogen fest, um die Schuhe auszuziehen und zumindest ein Stück barfuß zu laufen. Hier gab es ganz sicher keine Scherben auf den Gehsteigen.

Es war plötzlich voll geworden auf den Wegen, ihnen kamen immer mehr Leute entgegen, je tiefer sie in die Stadt hinunterkamen und je dunkler es wurde; wie eine Prozession in gegenläufiger Richtung. Es war schwer zu sagen, in welcher Stimmung sich die Leute befanden. Eine Gruppe Jugendlicher ließ im Gehen eine Flasche

Rotwein herumgehen, manche lachten, andere wirkten ernst und in sich gekehrt. Viele hatten kleine Kinder dabei, liefen in Gruppen, bei denen man nicht wissen konnte, wer zu wem gehörte. Lin griff nach Miriams Hand, sie wollte es sanft erscheinen lassen, als beiläufige Liebesgeste, aber vielleicht packte sie doch fester zu als beabsichtigt.

»Alles okay mit dir?«, fragte Miriam.

»Was glaubst du, warum alle hier rauf kommen?«

Miriam begriff nicht. Sie war weit weg gewesen, als es passiert war. Zu der Zeit hatte sie gerade die ersten drei Monate ihres Forschungsaufenthalts an einer Universität in den USA hinter sich, nicht gerade Ivy League, aber die Arbeit war interessant und der Lehrstuhl hatte sich in dem obskuren Feld, in dem Miriam forschte, einen Ruf erarbeitet. Es war ihre erste Stelle im Ausland und sie hatte sich ins Zeug gelegt, alles richtig machen wollen und sich kaum freie Zeit erlaubt. Sie hatte plötzlich gewusst, wo sie hinwollte mit ihrer Arbeit. Natürlich war es dort nicht unbemerkt geblieben, aber es wurde weniger und anders davon gesprochen. Und Miriam selbst hatte niemanden verloren. Die meisten Menschen hatten niemanden verloren oder zumindest niemanden, der ihnen etwas bedeutete. Lin war sich die erste Zeit danach sehr einsam vorgekommen. Es war eine neue Art von Einsamkeit gewesen. Wenn Judith einfach abgehauen wäre, das wäre etwas anderes gewesen. Auch wenn Judith nicht zu den Menschen gehörte, die Kontakte zu Menschen hielt, wenn sie ihnen den Rücken gekehrt hatte. Wer einmal als der Vergangenheit zugehörig eingestuft wurde, hatte keine Chance mehr, in ihre Gegenwart zurückzukehren. Aber damit hätte Lin sich arrangieren können, es hätte sie ja nicht einmal erstaunt.

Auf Französisch fragte Miriam eine der vorüberziehenden Familien, ob an diesem Tag etwas Bestimmtes los sei und warum denn alle in die gleiche Richtung gingen. Sie unterhielten sich kurz. Die Frau, mit der sie sprach, trug ein Kleinkind auf dem Arm und wiegte es tänzelnd hin und her. Miriam lachte, es klang gewollt, ein Rückversicherungslachen extra für Lin.

»Es sind Feuerwerkweltmeisterschaften, zum ersten Mal nach neun Jahren Pause. Gestern gab es ein Feuerwerk in Cannes und heute hier. An der ganzen Küste finden die jetzt statt, jeden Tag ist eine andere Mannschaft dran. Verrückt, oder? Schauen wir uns das an? Die Leute sichern sich schon die besten Plätze. Wo man nach unten aufs Wasser schauen kann, das Feuerwerk wird von einem Schiff aus gezündet. Wir bleiben doch?«

Miriam schaffte es immer irgendwie, an die bestmöglichen Plätze zu kommen. Sie brauchten nicht allzu lang zu suchen, bis sie einen Mauervorsprung fanden, von dem man freie Sicht auf das Hafenbecken hatte und danach noch weit aufs Meer hinausschauen konnte. Die Yachten sahen selbst von weit weg noch imposant und lächerlich zugleich aus, so als wären sie versehentlich im falschen Maßstab gebaut worden, und dann hätte man so getan, als wäre nichts, und sie gutgläubigen Milliardären als besonders begehrenswerte Modelle untergejubelt. Lin schlug vor, die Umgebung nach einem Supermarkt abzusuchen und eine Flasche Wein zu besorgen, während Miriam die Plätze freihielt. Sie hatte das Bedürfnis danach, allein zu sein, nicht lang und nicht grundsätzlich, bloß für die Dauer eines kurzen Spazierganges. Und sie konnte es, aber darüber dachte sie nicht groß nach, nur schwer ertragen, noch einen weiteren Abend lang nüchtern zu sein. Sie ließ sich ein Argument gegen das Lebensmittelgeschäft einfallen, das gleich um die nächste Straßenecke lag, und lief einfach noch ein Stück weiter den Berg hinunter, gegen die Ströme von Menschen. Die Schuhe hatte sie doch wieder angezogen, damit ihr niemand auf die Zehen stieg. Als würde man nur Leuten, die barfuß sind, auf die Zehen steigen. Ihre Füße hatten rosarote Striemen bekommen, feine Schnitte, wo links und rechts die Lederriemen entlangliefen, und Lin spürte mit jedem Schritt, wie sie sich tiefer aufscheuerten. Zu der Blase, die sich schon am Nachmittag angebahnt hatte, kam inzwischen eine weitere am anderen Fuß.

Die Dämmerung war schon fortgeschritten, als sie mit Pflasterstreifen, einer kleinen Schnaps- und einer großen Weinflasche den Laden verließ. Den Schnaps trank sie sofort, halb hinter einer Säule am Parkplatz des Supermarkts versteckt, als gäbe es dafür etwas zum Schämen. Dabei war es schon zum Schämen, überhaupt hier zu sein, am Leben, und dann auch noch so. Wie vorher, beinah besser als vorher. Zumindest von außen betrachtet waren Limousinenschau und Strandtage ein klarer Fortschritt. Nach dem Schnaps setzte sie sich auf die Bordsteinkante und versorgte ihre Füße. Leute gingen an ihr vorüber, sie sah ihnen nur bis zum Knie. Die meisten trugen kurze Hosen oder leichte Röcke. Ihre Beine waren ohne Makel. Sie liefen mühelos und leicht in ihren gutsitzenden Schuhen. Am Ende zog sie von einer Stelle, wo die Haut bereits aufgeschürft war, das Pflaster wieder ab. So schlecht hatte es sich nun auch wieder nicht angefühlt, wie die Haut mit jedem Schritt weiter wundgescheuert wurde. Als sie aufstand, wurde ihr schummrig. Sie lief ein paar Schritte, hielt sich an einem Stromkasten fest. Im Inneren brummten die Leitungen, oder es rauschte in ihren Ohren. Kurz bevor sie wieder klar wurde, sah sie jemanden den Hang hinunterkommen und um die Ecke Richtung Hafen biegen, eine kleine Frau mit wilden Haaren. Dicht hinter ihr ging noch jemand anderes, eine zweite Gestalt, ihre Haltung scheu und fast ein wenig kätzisch. Die eine der beiden kam ihr so vertraut vor, sie hätte sie noch aus dem Augenwinkel aus jeder Menschenmenge erkannt. Es konnte nicht sein. Sie machte die Augen zu, öffnete sie wieder. Die beiden Frauen waren weg.

Miriam hatte ihren Posten gegen Hundertschaften von Schaulustigen verteidigt, auch das war ein Talent, das sie hatte. Sie ließ sich nichts streitig machen und blieb meist auch noch liebenswürdig dabei. Lins Strohhut hielt ihr den Platz frei. Es war nun beinahe dunkel. Auf dem Wasser erkannte man die Umrisse des Schiffs, von dem das Feuerwerk starten sollte, eine schwarze Silhouette vor dem dunkelblauen Himmel. Es war das einzige so weit draußen, alle anderen schmiegten sich an die Anleger im Hafen, als hätten sie sich schlafen gelegt. Nur in weiter Ferne leuchtete etwas, das wie die Lichterführung eines großen Schiffes aussah.

Sie tranken abwechselnd aus der Weinflasche. Miriam nahm kleine Schlucke. Lin große. Sie spürte, wie alles leichter wurde. Unter ihnen leuchteten die Lichterketten der Lokale am Hang. Direkt unter ihnen schien eine private Party stattzufinden. Man konnte schräg auf die Terrasse des Hauses schauen. Die Gäste hatten sich noch hübscher gemacht, als sie von Natur aus waren. Eine Frau stand etwas abseits am Geländer. Etwas an ihr war nicht richtig. Sie sah aus, als würde sie nur von ihrem Kleid gehalten. Dunkelblauer Stoff, mit Perlen und Strass und Pailletten besetzt und einem tiefen Rückenausschnitt. Sie rauchte und schaute aufs Wasser hinaus, das sich nun nicht mehr vom Himmel abhob. Man musste schon sehr genau hinsehen, um den Horizont zu erkennen, fast nahtlos gingen Nacht und Meer ineinander über.

Und dann wurde es dunkel. Und dann wurde es still. Alle Lichter in der Stadt gingen aus, beinah gleichzeitig, die Bars und Restaurants drehten die Musik ab, selbst die Gespräche verstummten wie auf Kommando, und einen Moment lang hielt alles inne, alles hielt den Atem an. Im nächsten Augenblick begann das Feuerwerk, und Musik kam aus dem Hafen, waberte und wogte die Hügel hinauf und raus aufs offene Meer, so dass sie von überall zu kommen schien.

Der Klang füllte alles aus. Lin konnte sein Pulsieren im ganzen Körper fühlen. Wie in Zeitlupe stoben die Lichter auseinander und starben in die schwarze Nacht hinein. Die Häuser und Bäume flackerten mit jeder neuen Rakete in einer anderen Farbe auf, im Wasser spiegelten sich die Lichter. Die See lag glatt und ruhig, als einzige unbeeindruckt.

An diesem Ort voller Casinos und Schiffe und Limousinen, vor der Kulisse eines bombastischen Feuerwerks, hatte sie zum ersten Mal seit langem das Gefühl, dass alles wieder in Ordnung kommen konnte. Lin sah sich um, blickte in die leuchtenden, fast lodernden Gesichter. Wie heiter und friedlich alles war, so kurz vor dem Verglühen.

Anmerkungen

Der Artikel über die Stradivari-Aufnahmen in Cremona stammt von Max Paradiso und wurde im Januar 2019 unter dem Titel »To Save the Sound of a Stradivarius, a Whole City Must Keep Quiet« in der New York Times veröffentlicht.

Die Fotos von winterlichen Getränkeautomaten auf Hokkaido stammen von Eiji Ohashi. Unter dem Titel »Japanese Vending Machines at Night Juxtaposed with a Wintry Hokkaido Landscape« sind sie auf spoon-tamago.com zu sehen.

Die Textstelle über den Mond als Zerstörerin ansonsten guter Literatur stammt von Martin Peichl (»Wie man Dinge repariert«, Edition Atelier).

Dank

Noch nie hat jemand ganz allein ein Buch geschrieben.

Dieses ist meinen Freund*innen gewidmet: Caroschka, Dahlia, Evi, Frauke, Isabella, Jasmin, Maria, Montserrat, Raphaela, Robin, Sabine, Sarah, Sarah, Sofie, Sophie, Senta, Theresa, Theresa und Tine.

Außerdem danke ich dem Tischler Markus Taschler in Wien für die Werkstattbegehung und die aufschlussreichen Gespräche über seinen Beruf (und auch ein Dank an Nelli); Barhum und Christy für die beste Arbeitswohnung in Bratislava; dem Café Jelinek dafür, dass dort nie Musik läuft; und nicht zuletzt, sondern immer zuerst: meiner Familie.